Le Tiroir à cheveux

DE LA MÊME AUTRICE

Chez le même éditeur

HORS GEL, *roman*, 2021

SOUS LE NOM D'EMMANUELLE PAGANO

LE TIROIR À CHEVEUX, *roman*, 2005

LES ADOLESCENTS TROGLODYTES, *roman*, 2007

LES MAINS GAMINES, *roman*, 2008

L'ABSENCE D'OISEAUX D'EAU, *roman*, 2010

UN RENARD À MAINS NUES, *nouvelles*, 2012

NOUONS-NOUS, 2013

LIGNE & FILS, TRILOGIE DES RIVES, 1, *roman*, 2015

SAUFS RIVERAINS, TRILOGIE DES RIVES, 2, *roman*, 2017

SEREZ-VOUS DES NÔTRES ?, TRILOGIE DES RIVES, 3, *roman*, 2018

chez d'autres éditeurs

POUR ÊTRE CHEZ MOI, *récit*, éditions du Rouergue, 2002 [sous le pseudonyme d'Emma Schaak]

PAS DEVANT LES GENS, *roman*, éditions de La Martinière, 2004

LE TRAVAIL DE MOURIR, avec des photos de Claude Rouyer, éditions Les Inaperçus, 2013

EN CHEVEUX, coédition Musée des Confluences/Invenit, 2014 (commande du musée des Confluences, Lyon)

LIGNE 12, *fragments*, avec des dessins de Marion Fayolle, Le Square Éditeur, 2015

Emmanuelle Salasc

Le Tiroir à cheveux

Roman

P.O.L
33, rue Saint-André-des-Arts, Paris 6e

ISBN : 978-2-8180-5616-5
www.pol-editeur.com

Pour ma voisine qui ne l'est plus.

Le four est allumé, je sursaute et je lui dis non. Non. Titouan secoue la tête en riant. J'écarte son bras curieux, je m'accroupis et je ramène son corps vers moi. Il fait chaud à cause du printemps et des lasagnes. Le dos de Titouan est tiède sous le pyjama. Je soulève le haut pour mettre de l'air sur son torse. Il s'écarte. Je le reprends. Je passe la main dans ses cheveux mi-longs, les boucles brunes tremblent, on dirait du chocolat chaud mal préparé. Un peu trop épais, trop sucré sans doute. Il enlève ma main et se gratte la tête. J'aime les cheveux, même gras, rêches, épais. Mats, soyeux, souples au toucher, moites. J'aime toucher les cheveux. Regarder de près leurs formes, leurs couleurs, leurs textures. Et m'approcher des têtes, par derrière, par côté. J'aime surprendre les mouvements des mèches. Les renifler en douce.

Titouan regarde la vitre du four et redit non de la tête. Au front aux tempes l'ombre de sa frange en désordre a la couleur des mains gourmandes noircies par les châtaignes. Il transpire un peu à ces endroits et ça le fait friser aux bordures. Je ne sais pas si c'est le chocolat chaud ou les châtaignes qui me font le plus envie. C'est pas de saison, mais les lasagnes non plus. Titouan sautille, s'énerve comme un animal pris dans mes cuisses. Je le serre plus fort et ça le fait rire. Non, c'est chaud. J'ai envie de passer un balai de cou derrière ses oreilles pour le rafraîchir et le chatouiller.

Les cheveux de Pierre sont très différents. À force de frottements, ils se croisent et ne se démêlent plus. J'ai renoncé à le peigner matin et soir. Ils sont si fins si longs, il faut y passer des heures. Les blonds (lumineux) se mélangent et forment une sorte de cannage brouillon, pas tout à fait des dreads encore, les blonds dorés se faufilent sur et sous les blonds nacrés. Les couleurs de ses cheveux sont pleines de nuances. J'adore les reflets dans son cou quand je le soulève pour le porter jusqu'à son lit (on passe devant la porte-fenêtre, où le soir baisse la lumière, mon appartement est silencieux et ses cheveux bougent).

Ce soir Pierre est chez ma mère, j'ai pu cuisiner. Titouan adore ça, les lasagnes aux escargots. Il grimpe sur la chaise haute (je l'aide un peu). Le silence est pointillé de mouvements d'enfants et de chaises tirées. On est en plein quartier gitan, toutes les fenêtres sont ouvertes. Les maisons sont rassemblées. J'entends les enfants des autres comme si c'étaient les miens.

C'est un quartier compliqué. Les rues sont trop étroites pour venir en voiture (moi j'en ai pas de toute façon, j'ai même pas le permis). Entre chaque groupe de maisons, il y a des escaliers qui permettent de changer de rue, de prendre des raccourcis, ou juste de passer à l'ombre. Des rues entières en escaliers. Des rues qui ne sont pas des rues, mais des passages. Les touristes ne prennent ni les passages, ni les escaliers (c'est plein de chats et ça sent la pisse). Ils descendent en suivant la circulade jusqu'aux remparts. Il y en a de plus en plus, parce qu'on est presque en été. Ils s'arrêtent devant les porches, lèvent la tête vers les fenêtres à meneaux, s'écartent et prennent des photos. Ils hésitent devant Pierre attaché dehors, contre les marches de mon immeuble, au fond du long couloir obscur. Ces couloirs extérieurs qui conduisent de la rue aux maisons sont notés dans le guide, alors ils s'avancent un peu et regardent vite fait, ils ont une impression frileuse, presque hors du temps. Je les vois essayer de nous voir, je dis chut, je resserre la corde. Ils reprennent la visite du village médiéval, gênés, quand Pierre bouge et se montre.

J'habite seule avec Titouan, et occasionnellement avec Pierre, pour que ma mère souffle un peu. Elle veut souffler de plus en plus souvent.

Pierre est très grand pour son âge. Il devient lourd, encombrant. Je le prends deux ou trois fois par semaine, parfois plus. Il est lourd pour moi aussi, il m'embarrasse. Sa poussette devient trop petite.

Titouan est si léger, à deux ans passés. Il fait la tournée des sourires dans tout le village. Je le promène dans la poussette de Pierre, sans difficulté. Il est marrant. Parfois je le prends avec moi pour aller en ville, faire les magasins.

Dans le car pour la ville, celui de huit heures trente, je rencontre mon ancienne voisine. Elle n'a pas souvent cours en première heure (elle est au lycée maintenant). On se dit bonjour, c'est tout. Avant, on avait au moins des mots, sinon des silences. Mes souvenirs de petite fille en manquent. On avait le temps de tout, même de ne rien dire. Maintenant c'est plus pareil. Elle descend avant moi (lourd sur ses épaules son sac à dos ouvert rempli de cahiers, de gros classeurs et de livres), un peu derrière les autres élèves, à la traîne et rêveuse, comme si elle se réservait une marge d'air. Je l'envie je crois. Ses cheveux désordonnés se coincent dans les bretelles du sac, elle grimace, essaie de les dégager. Après le car prend les allées et je la perds de vue.

C'est une intello, elle lit partout, même dans le car. Elle tient un livre comme je tenais une cigarette, par nécessité, par dépit, par distraction. Peut-être par habitude.

Elle me sourit certains matins entre deux pages. Elle tient ses cheveux et lève ses yeux tout bleus, je lui rends son sourire, elle retourne à son livre du moment, laisse retomber ses cheveux, noirs.

Moi j'ai abandonné mes études à la naissance de Pierre. Je venais de commencer une troisième d'insertion pour faire des stages, parce que les cours les livres, moi ça m'a toujours pris la tête. Je voulais être coiffeuse plus tard.

En attendant, je travaille au salon du village (coiffure mixte et salon de beauté), mais comme je n'ai pas de diplôme, juste un peu d'expérience, je ne fais pas les coupes. Les coupes, c'est le privilège de la patronne. Les jours de grand tralala, certains samedis, les matins de mariages, elle me laisse quand même égaliser des mèches, finir quelques carrés, des bricoles, pour pouvoir se consacrer au chignon baroque de la mariée. C'est mon rêve, faire une coiffure de mariée. Je m'entraîne sur moi quand je me trouve trop moche, mais c'est pas facile, et ça me déprime.

Arranger les cheveux des autres, les prendre dans mes mains, ça me travaille, j'ai du mal à me retenir. Un soir je me suis occupée comme ça des cheveux de Pierre. Il était étrangement calme, j'avais réussi à démêler ses nœuds après un long shampoing. On était tous les deux sur mon lit, Titouan dormait déjà. On entendait sa respiration si régulière qu'elle me paraissait sans fin. Elle aurait pu traverser les murs, le quartier le village les vignes, on aurait dit la mer. Il ne respirait pas fort, mais il dormait comme le bébé qu'il est encore, infiniment. C'est peut-être pour ça que Pierre était si calme. Je le maintenais assis dans mes jambes, croisées devant son torse. Ses cheveux glissaient dans mes doigts et s'enroulaient sur ses épaules. Le soleil très bas remontait des rayons tout chauds dans le mélange des blonds. Il était beau comme une fille de dos. J'ai repris la brosse posée par terre et je me suis tendue pour attraper ma grosse trousse de coiffure transparente (sur la tablette au-dessus de mon lit) en essayant de garder mes jambes tressées serrées. Je ne voulais pas qu'il se dégage, qu'il ait peur, qu'il en ait marre. Je voulais que ça dure.

J'ai sorti tous les accessoires de ma trousse. Des pinces fluos, des coquillages montés sur des chouchous, des barrettes garnies de pierres pastel, des pics à chignons de toutes sortes, et même des plumes colorées, un va-va lavande, des mèches tressées et perlées, des élastiques en pagaille. J'en ai mis quelques-uns entre mes doigts, d'autres dans ma bouche et j'ai serré encore mes cuisses. J'ai senti une tension dans les hanches de Pierre, puis plus rien. J'ai brossé, tiré, tiré, entortillé ses cheveux dans tous les sens. J'ai recommencé plusieurs fois. Le chignon était complexe et désordonné, magnifique. J'ai voulu voir s'il mettait en valeur ses grands yeux clairs vides. Je me suis penchée en avant. Ses yeux étaient fermés. J'ai senti son souffle sur mes joues, qui répondait fugitif à celui de Titouan. J'ai eu honte tout d'un coup. J'ai détaché ses cheveux, j'ai repêché les accessoires enfouis, j'ai tout rangé dans la trousse. J'ai ouvert mes jambes, la rancune aux genoux. Je me suis redressée pour soulever Pierre et je l'ai porté dans son lit. Je me suis couchée sur le mien. Les cheveux de Pierre dépassaient longs et défaits entre les barreaux. J'ai vu briller dans le soir une perle oubliée. J'ai pensé veilleuse et j'avais la flemme de me relever.

Au salon quand même je me sens utile. J'aide pour le ménage, je shampouine, je peigne d'épaisses tignasses, je lisse des lignes blondes, la règle des cheveux soyeux est un brossage bien fait.

Je prends mon temps. Je fais des mèches au pinceau, parfois des couleurs entières, de larges boues violettes où mes gants transparents passent et repassent. J'aime bien les matières comme ça, gluantes, terres humides, avec des odeurs prononcées, plus ou moins naturelles. J'aime malaxer, pétrir. Je suis toujours volontaire pour épiler à la cire, même les vieilles peaux. J'aime toucher. La patronne ça l'arrange, elle trouve ça ingrat. Je crois qu'elle aime pas trop les vieux. Moi non plus mais bon. Je passe derrière elle, pardon, et je mets les mamies sous le gros sèche-cheveux. Je les écoute, beaucoup.

J'embrasse mon petit garçon, et je ferme doucement la porte de la chambre. Il ne fait pas encore nuit. Je m'assois à la table de la cuisine, devant la porte-fenêtre, sous le crépuscule. Je n'allume pas.

La chambre des enfants, c'est aussi la mienne. C'est petit mais j'ai réussi à mettre les lits des enfants en parallèle (deux lits de bébé ça tient pas beaucoup de place), une petite table de nuit et une lampe entre les deux, et mon lit de l'autre côté, avec une étagère au-dessus pour servir de table de nuit. Dans mon coin il y a une petite fenêtre au ras du plafond, dans celui des enfants une fenêtre pareil, toute petite et tout en haut. C'est parce qu'on est juste sous les toits.

Il n'y a pas d'entrée dans mon appart, on rentre directement dans la cuisine. La cuisine, elle fait cuisine et salon (avec un petit balcon au bout, une porte-fenêtre pour y accéder, un rideau de perles pour éviter les mouches quand je laisse ouvert). Elle fait salle de bains aussi. Il y a un grand rideau en plastique pour séparer l'évier du coin douche. Derrière le grand rideau, une petite baignoire sabot, avec un large rebord. C'est pratique quand on a un bébé. Je peux changer Titouan sur le rebord, le mettre en pyjama avec une couche pour la nuit (il la mouille de moins en moins, il devient grand). Je peux m'y asseoir aussi, sur le rebord, quand je mets Pierre dans la baignoire. Il faut que je reste tout près. Il tient moins bien que son petit frère. Pour le changer, je le soulève et je le pose sur la table de la cuisine, parce qu'il est trop grand trop mou pour tenir sur le rebord.

Je n'aime pas surveiller le bain de Pierre. Il faut que je le cale avec des sortes de gros coussins en mousse que j'ai trouvés au magasin de bricolage (après je les essore bien et je les fais sécher sur le petit balcon). Pour l'instant, j'arrive à le laver assez facilement, coincé par les blocs de mousse dans ma baignoire sabot au fond de la cuisine.

Ma mère, elle s'y prend autrement, parce que sa baignoire est trop grande pour coincer Pierre dedans, parce qu'il n'y a pas de large rebord pour s'asseoir juste à côté, parce qu'elle est fatiguée de se pencher et de le tenir avec la seule force des mains, des bras, des reins, de tout le corps qui n'est plus assez fort.

Elle allonge Pierre sur un lit recouvert d'une grande serviette, elle le lave au gant (elle trempe le gant dans une grande bassine posée sur la descente de lit). Je l'ai vue faire. J'ai vu comment l'eau de Pierre devenait sombre avant d'être jetée dans les toilettes. Parce que même avec les couches junior, il reste toujours un peu de merde aux fesses (les lingettes pour bébé, elles sont trop petites, étroites, on ne peut pas tout enlever).

Je n'aime pas ça, le bain de Pierre. C'est pas que ce soit si dégoûtant, mais je m'ennuie.

Il joue distraitement avec l'eau, de sa main gauche, la seule qui bouge avec un peu de précision. Je ne suis pas sûre qu'il joue, mais on dirait (il grogne). Je le regarde jouer, quand je le regarde. Je ne le regarde pas souvent, parce qu'il ne sait pas ce que c'est, regarder. Me voir le regarder et le voir me voir, comme avec Titouan, qui rit à s'en noyer lorsqu'il trouve mes yeux, éclabousse tout le petit espace derrière le rideau et même un peu de la cuisine, avec des éclats d'eau jusque dans les yeux. Pierre garde les siens toujours au sec. Ses yeux sont au plafond, alors c'est pas la peine. Je le bloque dans la mousse, je m'assois sur le rebord au cas où, et je prends un magazine, je le feuillette. Ou j'en profite pour me couper les ongles, m'épiler un peu. Sinon je me cherche des boutons (ma peau est trop grasse, il faudrait que je me fasse un soin au salon). De temps en temps je le dévisage, comme ça, parce qu'on ne sait jamais, mais si je croise ses yeux, je baisse les miens, parce que son regard nu, ça me fait devenir seule.

Quand la main gauche ne remue plus, se crispe, quand les grognements diminuent, j'ai peur qu'il s'endorme. Je le redresse un peu pour attraper la chaînette, je regarde côté cuisine en tirant sur la bonde, j'entends la baignoire se vider sans voir les eaux sales. Je passe le gant sur tout son corps, en commençant par le visage (j'ai pris la précaution d'abord de rassembler ses cheveux dans une couette rapide). Il se laisse faire. Je finis par son derrière, et s'il a fait caca, je tourne à peine la tête, c'est mon fils après tout.

Je le repose dans la mousse pour le rincer et certains jours il cligne les yeux quand l'eau passe sur son visage, comme s'il éprouvait je ne sais pas, une gêne, une surprise. Je me retourne juste le temps de rapprocher jusqu'à la baignoire la grande table de la cuisine, recouverte d'une grosse serviette. Je le soulève pour le sortir, en essayant de dégager son corps des blocs de mousse, il se débat, on dirait qu'il a mal, mais il se calme vite, parce que je sais l'étendre tout en douceur sur la serviette, en retirant mes mains de son dos une par une, comme ça, délicatement. Il se tortille. J'aime bien le sécher, sur cette grande table, je prends une autre serviette, toute propre, je le couvre entièrement, je détache ses cheveux, je cache son visage, je frotte tout son corps, puis je le découvre peu à peu, calme, pour lui passer de l'huile d'amande douce et calendula, lentement, si lentement que j'ai l'impression de toucher quelque chose en lui, de caresser son rythme. Il a plus de cinq ans mais je continue à lui passer de l'huile, comme à un bébé. Sa peau est tellement sèche rouge d'être inutile et toujours appuyée sur une poussette, un lit, de l'émail ou de la mousse. L'odeur de l'huile se mélange à celles du dehors. La porte-fenêtre est ouverte. Le rideau de perles attrape émiette les gouttes de la douche. Celui qui entoure la baignoire est replié. L'air du soir, tiède, traîne jusqu'à la table. Les deux rideaux bougent, légèrement, pleins d'eau et de chaleur. Titouan tourne autour de la table, Pierre se laisse toucher. Je m'assois sur une chaise pour que ça dure un peu plus longtemps encore.

Titouan veut faire pipi, toujours au mauvais moment, quand je m'occupe un peu trop de son grand frère.

Les W.-C. sont sur le petit balcon. L'hiver parfois ça énerve. Sinon c'est pas si mal, de faire pipi au frais, dans le bruit du voisinage et les cris des martinets.

Titouan est endormi. J'ai refermé la porte de sa chambre en lui souhaitant des rêves faciles.

Je suis assise dans le début de pénombre et j'ouvre un magazine. Je commence un article au hasard, mais je n'arrive pas à continuer. Je me lève et je me prépare une infusion à la réglisse, une infusion ventre plat, c'est marqué sur le papier plié autour du fil, qui dépasse. Je me rassois en tournant le petit sachet dans ma tasse, et puis non, c'est pas intéressant, cet article.

Je vais sur le balcon, avec ma tasse, et je bade le village qui descend vers la rivière invisible. Les maisons s'obscurcissent et aussi se taisent, petit à petit. Le balcon est le toit d'un autre appartement. Il n'y a que les martinets qui sont au-dessus de moi. Et s'il va pleuvoir, ils descendent plus bas que le balcon, pour trouver les insectes serrés sous la pression. Au bord de la pluie je suis la seule si haut, toute seule, quand les enfants sont endormis.

En dessous de moi sur les terrasses des autres, il n'y a plus personne. Les chats s'éveillent et se montrent. On entend quelques bruits de couverts, et des mots. On entend même des gestes. Des bras sortent pour rentrer du linge, de l'eau coule. J'ai l'impression d'être en Italie, en Espagne, mais comme je n'y suis jamais allée, je crois que j'ai juste l'impression d'être ailleurs.

Je reste un moment comme ça, bête au crépuscule, le ventre écrasé sur la rambarde, et je me rends compte qu'il fait presque nuit. Les bruits des autres sont éteints. Les chats des ombres se poursuivent. Toutes seules et dérisoires, des mobylettes ouvrent un peu le silence, mais elles sont loin, à l'autre bout du village. Je traîne encore un peu sur le balcon, à remuer le sachet de réglisse, anis, mélisse, ça rime, deux fois, et maintenant c'est à peine tiède. Quand les lumières sont plus franches aux fenêtres, je rentre écouter la radio.

Je me lave les dents à l'évier en écoutant le journal de neuf heures, je me rince la bouche et je crache dans le reste de vaisselle. Je la ferai demain, après le petit-déj'. Pour ce soir un coup d'eau et voilà.

Je prends le poste dans mon lit (je le poserai sur la tablette avant de m'endormir), je mets le son au minimum, je pose mon oreille dessus. Il fait noir et violet, je devine la nuit aller et venir par la petite fenêtre ouverte. Je rêvasse en écoutant un peu de tout. Je change souvent de station. Je finis par m'assoupir la radio allumée.

Je sursaute quand Titouan m'appelle, vers deux ou trois heures du matin. Il fait souvent des cauchemars (la nuit est toute compacte au milieu de notre chambre). Il ne m'appelle pas vraiment. Il ne se réveille pas, il crie, c'est tout. J'éteins la radio, je la pose sur l'étagère. Je me penche au-dessus de son lit, s'il crie toujours je le prends tout chaud apeuré dans mes bras. Je le porte jusqu'à mon lit.

Quand Pierre est là, j'essaie de voir au passage si les cris l'ont réveillé, mais c'est toujours difficile de savoir s'il dort ou non.

Dans mon lit Titouan frémit mais je laisse la fenêtre ouverte, parce que j'ai cette mauvaise habitude après d'avoir trop chaud le matin.

Ma mère est arrivée pour le petit-déj' avec un grand sourire et des croissants. Titouan était dans mes bras, histoire de faire durer son biberon. Il a sauté sur les genoux de sa grand-mère, soudain très réveillé. Je me suis levée en soufflant pour préparer le café. Elle s'est assise et son sourire est passé sous la table. Je lui ai demandé mais où est Pierre. Elle m'a dit de ne pas m'inquiéter, la petite voisine est très responsable. J'ai retroussé mon impatience. Deux secondes. Je me suis rassise à la table, j'ai envoyé Titouan faire son pipi.

Je dis à ma mère d'accoucher, parce qu'on va pas se raconter d'histoires, si elle est venue sans Pierre, c'est pas pour prendre l'air. Elle me dit ça y est on a une place.

Titouan revient tout débraillé, il se colle contre ma mère, elle lui remonte le pantalon en évitant soigneusement mon regard (tu pourrais lui couper les cheveux, quand même, et à Pierre aussi, on dirait des caraques, tes gosses). Titouan s'échappe d'elle. Il ouvre le robinet de la baignoire et se penche au-dessus pour se laver les mains, et les dents. Ma mère pose enfin ses yeux sur les miens. Je la déteste.

Elle a fait depuis longtemps toutes les démarches pour avoir une place dans un centre et une place est libre, laissée vide par un décès. La place d'un mort. Pierre aussi c'est un mort, mais c'est un mort qui n'est pas mort. Je me demande ce que c'est, vivre, quand on est comme lui. Comme ça me dépasse tout ça, je prends parfois son visage dans mon cou et je mets le mien dans ses cheveux, mais il ne se laisse pas souvent faire. Il se dégage et mon cou est humide parce qu'il bave sans arrêt.

Ma mère essaie de me rassurer, le centre n'est pas si loin en train, je pourrai aller le voir.

Elle s'enthousiasme, calcule, fait et refait mon emploi du temps.

Elle parle, parle, explique tout, ses mots me saturent. Titouan crache et repose sa brosse à dents dans le gobelet sans la rincer. Je le gronde et je reprends la brosse pour lui montrer. Il commence à dire non non non. Ma mère répète que c'est à deux heures de train seulement, je pourrais lui laisser Titouan pour mieux profiter des visites.

Je n'irai pas le voir. Titouan continue à crier non, non, non. Jamais de la vie. Non, j'irai pas. Ma mère ramène Titouan vers elle, elle le prend elle le serre. Elle me dit arrête de faire l'enfant. Je l'ai déjà fait l'enfant, et tu veux m'en défaire maintenant, alors laisse-moi tranquille (et je t'interdis de toucher à ses cheveux).

Ma mère est sortie amener Titouan à la garderie, tu réfléchis, c'est comme tu veux mais moi je vais commencer les bagages, et n'oublie pas de venir chercher Pierre avant midi.

Je mets Titouan à la garderie quand je vais travailler, mais aussi les jours où Pierre est là, pour qu'il ne s'ennuie pas. On ne peut pas faire beaucoup de choses avec Pierre. C'est un enfant seul, c'est un enfant vide. Il est pas marrant.

Aujourd'hui je ne travaille pas, c'est à moi de le prendre, j'irai le chercher, plus tard. Tout à l'heure, quand j'aurai fait la vaisselle (avant de partir ma mère m'a dit tu exagères en me montrant l'évier), quand j'aurai rangé un peu, plus tard.

Je fermerai la porte et je descendrai l'escalier en écoutant grandir le bruit des gens à chaque palier. Je traînerai un peu dans le noir tout frais du couloir extérieur en bas de l'immeuble. Après cet espace à part, où quelques ados sélectionnent l'obscurité pour leurs petits trucs interdits (ah désolée, c'est rien, bonjour), après les pavés brun sale, je serai éblouie par la lumière de la rue. Être éblouie j'aime bien ça, surtout par surprise. Étourdie prisonnière saoule. Quand je dis que je ne bois jamais, que je n'ai jamais bu, personne ne me croit. Mes copains c'est pas faute d'avoir essayé, sauf que je n'ai pas besoin de boire pour être raide (ils finissaient la bouteille et je riais bêtement). Je traverserai le village tout entier en tirant sur le temps de ma solitude, sur mon matin. Je prendrai les escaliers entre les petites rues, mais ce ne sera pas pour faire plus court, juste pour le plaisir d'avancer sans être gênée par une poussette, et pouvoir descendre, monter, descendre des marches inégales, éviter les cagues des bâtards, écouter les vies des autres aux portes ouvertes (on tire des rideaux pour la forme, et contre le soleil, les mouches ; les gosses et les chats les soulèvent sans arrêt). C'est l'heure où les vieux sortent leur chaise dans la rue. Je leur dirai bonjour. Je me perdrai un peu, je descendrai tout le quartier en évitant la circulade pour ne pas croiser les touristes. Au bord du premier rempart, je m'arrête souvent quand je suis seule pour regarder d'abord loin, les vignes autour du pioch, et les pins, puis les arbustes juste au-dessous en contrebas (je me pencherai pour jouer avec les odeurs et mes petites peurs).

Je remonterai la petite côte, jusqu'à la place. Je descendrai l'escalier de gauche, la rampe du milieu est double et chaude (elle sert de toboggan brûlant aux gosses). Quelques marches avant la fin de l'escalier je prendrai le porche, c'est un passage encore plus sombre que le couloir extérieur de mon immeuble. La lumière après, qui m'aveugle sur deux trois pas. Encore une rue en escalier, et puis la brèche dans le deuxième rempart. Je serai juste en dessous de la passerelle en fer, mais je passe toujours la rivière à pied, tellement elle est ridicule.

Je continuerai sur la route, environ cinq cents mètres, déjà midi, en longeant le lotissement.

J'ouvrirai le portail de la gendarmerie avec la clé que j'ai gardée. Je marcherai dans la cour jusqu'aux appartements de fonction, en évitant de passer devant le bureau, parce que je n'ai pas envie de voir mon père.

Je sortirai la poussette du local à vélos, je la placerai juste au bord des escaliers.

Ma mère dit c'est pas trop tôt. Je ne réponds pas.

Je me baisserai vers Pierre et je le soulèverai du tapis, je sortirai un mouchoir de ma poche, j'essuierai sur ses joues ses lèvres la salive pleine de poussière (ma mère me fait des remarques sur l'évier sale, mais elle, elle pourrait passer l'aspirateur sur le tapis avant d'y coucher Pierre). Je dégagerai ses yeux sans regard en ramenant les mèches de ses cheveux vers la nuque pour les attacher.

Je sors un chouchou de ma poche et ma mère hausse les épaules, pourquoi pas des barrettes tant que tu y es.

Elle me tiendra la porte, elle nous embrassera, je porterai Pierre jusqu'à la poussette (seulement quelques marches, quelques mètres, les bras pleins). Il faudra que je l'attache bien serré. On fera le chemin inverse et j'irai plus lentement encore.

La porte du vieil immeuble, je l'ouvre en poussant avec ma hanche et je la cale avec mon pied gauche. Je tire la poussette jusqu'au bord de l'escalier. Pour détacher Pierre, je défais les sangles, complètement, je les mets autour de mon corps, je les croise sur mon torse et je m'accroupis sur la première marche. Je passe mes mains dans mon dos et je ramène doucement Pierre contre moi, en faisant glisser les sangles pour caler son abdomen dans mes reins. Sur son ventre et autour de ses cuisses, il porte un harnais de spéléo (on le lui laisse jour et nuit, sauf pour le bain). Je n'ai plus qu'à fixer les sangles au harnais avec un mousqueton, serrer. Pierre se laisse faire le plus souvent. Quand il est grognon, c'est toute une histoire.

Je monte les cinq étages avec son grand corps sur mon dos, maintenu par les sangles et mes mains croisées sous ses fesses. La porte de mon appart n'est pas fermée à clé. Un coup de genou elle s'ouvre. Je dépose Pierre dans son lit de bébé (en pliant ses jambes pour le faire rentrer plus facilement) le temps d'aller chercher la poussette en bas. Je range la poussette sur le petit balcon, derrière les toilettes. Après je sors Pierre du lit pour lui dire enfin bonjour, n'aie pas peur, c'est maman. Je lève sa tête, son torse, je déplie son corps, je le prends par le harnais et je l'emmène dans la cuisine, parfois même sur le balcon s'il fait beau. Je le garde chaud tremblant contre moi, mais pas longtemps, parce que je ne sais pas trop quoi en faire.

La journée est longue.

Pierre n'est pas pénible. Il passe son temps et le mien à ne rien faire, les yeux ouverts ou fermés. J'ai du mal à savoir s'il dort. Je le laisse dans son lit presque tout le temps, comme ça s'il bouge, il ne risque rien. Je pourrais m'occuper, mais je ne sais pas quoi faire. Je m'ennuie. Je m'interdis de sortir sans lui.

Certains jours j'en profite pour passer l'aspirateur. Avec Titouan je ne peux pas, il me suit comme un petit chien, s'empêtre dans le fil électrique. Pierre n'entend rien, je peux faire la poussière sur les barreaux de son lit avec l'embout spécial meuble sans même qu'il s'en aperçoive (enfin en tout cas sans qu'il bouge).

J'ai fait le ménage il y a deux jours et ça m'a fait passer le temps. Aujourd'hui je ne sais plus comment m'occuper. Je pense à ce que m'a dit ma mère, et puis non. Je n'arrive pas à penser, ni même à rêver, je suis dans un ennui un silence une fatigue qui me prennent toute entière. Je reste sur mon lit, je vois Pierre et je ne sais plus comment m'en occuper. Je m'assois, je m'allonge, je dors un peu, je me lève pour aller dans la cuisine, sur le balcon, j'écoute la radio.

Pierre gémit si fort que je ne peux plus entendre la musique. Je pose la radio sur la table de la cuisine. Je prends une serviette et je vais dans la chambre.

Pierre s'est retourné sur le ventre. Je m'approche, je le remets sur le dos, mais je n'arrive pas à coincer la serviette dans sa bouche. Il se débat en se cognant contre les barreaux. Je le soulève et j'essaie de le prendre contre moi. Il ne se calme pas. Je vois sa terreur aux torsions de plus en plus fortes sur son visage. Ses lèvres sont ouvertes, épliées larges par ses plaintes. Je le porte jusqu'à mon lit, je m'allonge près de lui, presque contre. Je voudrais le rassurer. Les mains sur son ventre j'attends que s'espacent les tensions. J'ai peur et mal s'il a peur. Il me tient par le ventre. Il se tord et ça repousse mes mains. J'essaie de lui parler, de lui expliquer, peut-être que mamie a raison, tu seras mieux là-bas, écoute-moi.

Tout son corps est agité maintenant, ses gémissements n'ont pas cessé, ils se sont comme aiguisés et de geignements lourds ils sont devenus presque cris à force d'aigus. Je l'entoure de coussins et je vais dans la cuisine.

Je reprends le poste de radio, je change de station, je mets de la variété, très fort.

J'entends quand même les cris, si résistants aigres qu'ils entrent dans ma tête, si solides qu'ils deviennent les miens.

J'éteins la radio, je sors sur le balcon et je me chante une chanson, pour moi toute seule, pour essayer de me calmer.

Je faisais ça, chanter à voix très basse, quand j'étais enceinte de Titouan. Je dormais dans mon lit de petite fille, tout près de Pierre, chez mes parents.

Je me mettais sur le côté gauche, une main au ventre pour savoir où ma paume était chaude. Je chantais pour moi toute seule et aussi pour Titouan, sous mes doigts. Je chantais pour ne pas entendre Pierre gémir. Et Pierre s'arrêtait. Ses yeux nus semblaient s'ombrer. Je le regardais se taire. Il était rare et endormi. Je pense qu'il dormait. Je commençais à m'habituer à lui. Ma fatigue est plus haute aujourd'hui. J'en ai marre, de chanter pour moi toute seule. Je n'ai jamais entendu la voix de Pierre autrement que sourde ou stridente, pénétrante comme des maux de tête, des maux de ventre. Je me demande quelle voix il pourrait avoir, en chantant par exemple, en disant des mots, ou même juste des syllabes doublées, comme Titouan quand il avait cinq six mois. Cette voix que je ne connais pas me manque.

Je me souviens d'un chagrin de ma voisine. Je sortais et je l'ai trouvée assise sans livre dans les escaliers de la gendarmerie (songeuse, un peu triste, entre son palier et le mien). Je me suis assise près d'elle, j'ai sorti une cigarette, elle m'a dit non merci. Elle avait les mains sur les oreilles, elle m'a dit tu sais je lis des histoires, ça me parle, mais je n'entends pas la voix de ceux qui écrivent. Il y en a qui sont morts il y a longtemps, on ne pourra jamais savoir quelle voix ils avaient.

En expirant la fumée je lui ai conseillé de regarder la télé, ou d'écouter la radio, d'aller à Lourdes, t'en veux, des voix, moi je t'en trouve.

Je n'entends plus de bruit. Je vais voir dans la chambre, Pierre ne bouge plus, les coussins sont presque tous par terre, sa tête est tournée vers la porte d'où je le regarde, ses yeux sont ouverts, est-ce qu'il voit seulement à quel point je suis fatiguée.

En fin d'après-midi, je vais chercher Titouan à la garderie. Il faut recommencer le trafic avec la poussette, les escaliers, tout ça, mais au moins Pierre prend l'air encore une fois. Je sais pas trop pourquoi, mais je me dis que ça lui fait du bien de sortir tous les jours, et même deux fois par jour, comme les bébés (sinon ils sont nerveux).

En sortant de la garderie, je demande à Titouan de tenir la poussette, parce que la rue principale, c'est dangereux. Il fait un caprice pour monter dedans. Il s'accroche au tube de métal et le secoue jusqu'à ce que Pierre crie. Je le prends par le bras violemment, et je pousse Pierre de ma main libre.

Dans le hall de l'immeuble, Titouan commence un nouveau caprice. Il refuse de monter, même à quatre pattes, il veut que je le porte. Je le laisse pleurer, je charge Pierre. Au premier étage j'entends Titouan nous suivre. Il nous dépasse à quatre pattes, mais ça ne le fait pas rire alors que d'habitude, si. Arrivé au cinquième avant nous, je le vois s'énerver sur la poignée en hissant son petit corps le plus haut possible. J'essaie d'ouvrir sans faire tomber Pierre, mais Titouan me déconcentre. Je lui dis arrête, il n'arrête pas, et dès que la porte s'ouvre, il la pousse aussi fort qu'il le peut et file bouder dans la chambre.

Il boudera jusqu'au moment du bain.

Quand je les ai tous les deux, je languis le soir, je languis d'être seule, pour pouvoir enfin penser. Juste ça, penser. Ce soir plus que jamais.

Mais il y a encore le bain, Titouan d'abord puis Pierre.

Après le bain, je remets Pierre tout plié dans son lit, Titouan serre un barreau de sa petite main, il lui parle, il parle tout seul, en le regardant, il répète dis, dis, tu sais, pendant que je débarrasse la table des affaires du bain.

Il faut aussi passer une serpillière sèche autour, et préparer les trois repas. Pour Titouan la même chose que moi, mais en petits morceaux, pour Pierre la même chose aussi, mais passée au mixeur (quand j'ai la flemme je mâche moi-même le repas de Pierre, j'avale ma part, je crache la sienne dans ma main avant de la mettre dans sa bouche, comme ça on mange ensemble).

Je commence par faire manger Titouan, parce que c'est le plus petit. C'est un gourmand, il aime tout, il ouvre la bouche avant même que la cuillère soit pleine. Le dessert (un yaourt ou deux petits-suisses), un câlin sur le balcon, et puis les dents le pipi, au lit.

Je le couche, je le borde, et je m'assois près de lui, par terre, entre les deux lits de bébé. Je m'adosse à la table de nuit, et je lui raconte une histoire (je l'invente chaque soir, je me laisse emporter par mes propres rêves, brodés à partir des contes habituels). Je mens une présence, une princesse, un fantôme, ça dépend des soirs. Je mets le ton, en espérant un tout petit peu que Pierre entende, même de très loin, même s'il est sourd. Je me dis que les mots de mon histoire, portés par ma respiration (chuchotés si près), abordent quand même cette joue plissée contre les barreaux, ces paupières immobiles au-dessus, ces tempes nerveuses. Ses oreilles sont tordues et rouges parce qu'il se coince souvent la tête dans un coin du lit. Il frotte son visage contre le bois. Toute sa peau se froisse. Sur sa peau abîmée mes phrases soufflées passent, y laissent peut-être quelque chose comme une souplesse. J'éteins la lampe, Titouan se tourne et je soulève Pierre doucement par le harnais, je le prends dans mes bras en écartant ses cheveux, en lissant son visage fripé. Même s'il grogne même s'il crie Titouan ne se réveillera pas.

Pour faire tenir Pierre sur une chaise, je laisse toujours une sangle entre les barreaux, que je raccorde au harnais (il ne faudra pas oublier de bloquer la chaise entre le mur et la table, parce que Pierre refuse de manger, il se tord dans tous les sens, et sa force me dépasse). Je le pose sans problème sur la chaise, et je l'attache tout aussi facilement, Pierre ne sait pas qu'il va manger. Je sangle aussi ses bras, pour qu'il ne puisse pas se débattre quand il aura compris. Je noue un grand torchon autour de son cou, je bloque la chaise et j'essaie d'enfoncer la cuillère dans sa bouche, fais un effort c'est le dîner de maman. Si sa bouche est trop serrée, je l'ouvre avec une main, avec l'autre je mets la purée (j'abandonne souvent la cuillère, avec les doigts c'est plus pratique).

J'arrive à mettre quelque chose dans sa bouche, mais il en recrache la moitié. Je maintiens le torchon en place avec mon coude pour que le survêt reste propre (j'habille Pierre en survêt de jour comme de nuit, c'est plus commode à enlever remettre enlever remettre, mais souvent le survêt est tout entortillé).

Quand je pense qu'il en a eu assez, je prends le pistolet à eau (avant je le faisais boire avec une grosse seringue, mais un jour Titouan a mis le pistolet dans la bouche de son frère en disant pan, bois !, c'est comme un jeu, on tue Pierre pour de faux, ça le fait boire, Titouan rigole).

Je mouille le torchon avec le pistolet pour débarbouiller Pierre. Ensuite je le dénoue, je débarrasse la table pour y mettre une serviette, je détache Pierre, et je l'allonge pour le changer une dernière fois avant de le coucher.

Je me réveille en pleine nuit même quand Titouan ne m'appelle pas. En me levant parfois je vois la lune, grosse, et d'ailleurs quand elle est pleine c'est elle qui me réveille. Elle appuie lourde sur mes paupières, j'ouvre les yeux. Je pense à Pierre.

Je vais voir s'il va bien, et s'il est chez ma mère, je vais dans la cuisine.

Je m'assois à la table, je regarde le rideau de perles bouger lentement dans l'air de la nuit.

Pierre des fois j'ai l'impression qu'il aime bien rester juste en dessous. Je le pose sur le carrelage, il a une sorte de grimace qui ressemble à un sourire, quand le soleil dilate les couleurs des perles qui font des allers et retours sur ses yeux inoccupés.

S'il ne les voit pas alors pourquoi cette grimace, et ces minuscules agacements des pupilles, qui reculent, à peine, sous les rayons de perles qui les touchent.

La lune blanchit le rideau sans lui donner de couleurs.

La lune pleine, je ne la supporte pas. Elle m'indispose. Je me sens maladroite. Je la regarde. Elle ne bouge pas. Je me sens coupable, même si les gens se taisent. Ne rien dire c'est toujours parler de Pierre. Pierre c'est un bout de lune. Je n'ai jamais rien dit à personne. Personne ne m'a jamais rien dit.

Je me doute qu'on en parle, de Pierre, mais dans son dos, dans le mien.

Je ne l'ai pas dit quand j'étais enceinte, même pas à mes parents, à mon copain. J'allais chez mes parents quand il me posait trop de questions, et j'allais chez lui quand ils me prenaient la tête. Pierre grossissait sans que je sois trop grosse. Vers la fin j'ai acheté du tissu (du coton ça fait moins mal) et je bandais mon ventre pour continuer à mettre mes jeans. Je fermais pas les boutons du haut, je mettais des tee-shirts larges, des pulls déformés. À la rentrée, je vivais plus ou moins chez mon copain, en ville. C'était pratique pour aller en cours ou en stage, pas besoin de prendre le car (ma mère ça la rendait folle, mais je ne lui laissais pas le choix). Mon copain ne pensait qu'à lui, et ça m'arrangeait. Je n'acceptais plus qu'il me touche, je restais tout au bord du lit, je sortais tard pour rentrer me coucher bien après lui. Il dormait, je me mettais au lit sans faire de bruit et presque aucun mouvement. J'allais au collège en bâillant. Je n'avais pas de copine. Rester debout pendant les stages, balayer des cheveux dans la poussière, c'était fatigant, et les cours encore pire (les profs me reprochaient de faire la bringue un peu trop souvent). La seule chose qui me plaisait, c'était de préparer ma trousse de coiffure la veille des jours de stage, mais on s'en servait presque jamais. Je me sentais inutile, engourdie. J'allais voir mes parents sans enlever mon manteau. Il faisait chaud dans le début de l'automne. Ma transpiration imbibait le coton, ça tiraillait. Le soir je le déroulais, je le lavais, je l'étendais en cachette. Je dormais le ventre libre. Je me levais tôt pour reprendre ma bande avant que mon copain se réveille (de toute façon j'étais déjà au collège qu'il dormait encore). Je n'ai pas vu de docteur, je n'ai parlé à personne.

Je m'en suis aperçue trop tard, pour en parler. J'étais à plage, je me souviens, en fin d'après-midi, au mois de juin, quand on a encore tout le sable toutes les dunes toute l'eau pour nous. J'hésitais à me déshabiller pour mettre mon maillot en prétextant qu'il ne faisait pas si chaud que ça, j'avais mal au ventre depuis deux trois jours, je pensais avoir mes règles. Mes règles elles étaient complètement anarchiques quand j'étais ado, je m'en arrangeais très bien, plus tard elles venaient, et mieux c'était. Sur la plage réticente j'avais mal aux seins aussi. Mon copain m'a charriée, allez viens te baigner. J'ai dit fous-moi la paix.

J'attendais mes règles, et le matin je mettais un protège-slip au cas où. Le soleil couchant me tirait aux cuisses, aux bras. J'étais en jupe, en écartant ma culotte je fourrais discrètement mes doigts entre les lèvres pour vérifier, je les portais à mon nez, mais non. Alors je suis restée là, blottie dans la dune, je fumais, et puis non, la cigarette m'a donné envie de vomir, et en me penchant pour l'écraser je l'ai senti. J'ai senti comme une petite lune d'air se promener dans mon ventre, se tourner, se retourner, j'ai passé ma main là où ça bougeait. J'ai compris, sans comprendre tout à fait.

Je me suis repliée encore un peu dans la courbe du sable, jusqu'à ne plus voir la brume des autres là-bas, après les premières vagues, jusqu'à ne plus entendre qu'une rumeur d'eux. Je me suis sentie seule, et je me suis souvenue de la canalisation sous la route, derrière la gendarmerie.

La rivière en bas du village marque les limites du centre historique, puis disparaît dans les vignes et les lotissements. Elle semble encercler tout le quartier, et pourtant c'est même pas une rivière, même pas un ruisseau. C'est un filet d'eau hésitant, une ficelle, une laine détricotée, guidée par un petit collecteur au milieu d'un large canal bétonné. Les ados prennent le canal pour un roller park, ils font des figures et la ficelle qui frémit de façon pathétique devient l'endroit où sauter. Les petits se promènent à vélo sur le béton, s'approchent de l'eau pour y déposer des bateaux de brindilles avec lesquels ils font une course gagnée d'avance. Le béton recouvre à certains endroits le collecteur où l'eau toute sage se coince : les vélos passent de l'autre côté, et narguent d'un coup de pédale le bateau qui vient de ressortir. Ils savent qu'en automne en hiver ce cours riquiqui prendra sa revanche, l'eau deviendra barge, elle sortira du collecteur pour remplir le canal en entier, se dresser jusqu'aux rues, aux maisons, aux fenêtres des rez-de-chaussée. Les traces des inondations sont notées sur les murs du deuxième rempart. L'été la rivière s'assèche sur plusieurs dizaines de mètres, laissant toutes vides les conduites plus étroites qui remplacent le canal aux passages des voitures. Il y en a une, derrière la gendarmerie, dans laquelle j'allais chercher de l'ombre et de la solitude.

Je me glissais dedans, je me tordais pour m'asseoir dans la courbe. Je me bouchais les oreilles à cause des voitures. Je me sentais en sécurité, écrasée et seule, pleine des vibrations répercutées. J'étais tout à la fois à l'écart et traversée. J'échappais à mes parents, sans trop m'éloigner de la brigade. C'était à l'ombre et il y faisait très chaud, j'étouffais et je pouvais enfin respirer.

Je tenais une mèche de cheveux bien serrée dans ma main. C'étaient mes propres cheveux coupés, un caprice chez le coiffeur où ma mère me traînait tous les ans de force. Un été elle avait déclaré cette année on égalise pas, on coupe, il fait chaud, tu seras mieux. J'avais tellement pleuré, pleuré, que le coiffeur m'avait donné une mèche, toute noire et tenue par un ruban bleu, douce, souple au toucher. Cette mèche me servait de doudou tardif (je la lavais, la peignais, je la tressais, le soir je la rangeais dans le tiroir de ma table de nuit). Dans ma planque sous la route je la serrais tellement fort, ma mèche, que les tifs s'abîmaient dans ma main moite (le ruban n'était déjà plus très bleu), et ça finissait par me faire mal. J'attendais la nuit pour me dégager. Je revenais chez mes parents toute sale, le corps engourdi, la paume endolorie, les joues chaudes et les cheveux collants. Mon père me remettait droite avec une gifle et ma mère me poussait jusqu'à la salle de bains en se demandant tout haut où je pouvais bien aller traîner encore en plein cagnard. Elle n'arrivait pas à desserrer ma main ni mes lèvres. Personne n'a jamais rien su de ma cachette.

Je me suis redressée pour voir la mer. C'était le soir et je n'arrivais plus à percevoir l'écho des autres pourtant ils en faisaient du bruit. Je voyais leurs gestes libres au bord de l'eau. J'ai regardé plus loin, vers mon copain qui nageait au large. En essayant de suivre son corps, ses épaules sur les vagues, sa tête qui passait dans la mer comme une épingle dans un tissu épais, j'ai vu la lune, énorme, se lever juste en face. Sa lueur a trouvé mes cheveux. Puis mes yeux. Elle était pleine de questions. J'ai décidé d'attendre.

Je ferai de mon ventre un repli aussi peu visible qu'une conduite d'eau sous la route. Bétonnée.

Pour aller chez mes parents, il faut entrer dans la brigade, prendre des habitudes obsolètes, rigolotes et contraignantes. Politesse, ponctualité, clé au portail, surtout bien présenter. Ne pas salir les escaliers les jours de visite du commandant. Pas trop de bruit.

J'étais silencieuse, quand j'étais enceinte. Polie, pas toujours très ponctuelle, propre. Mon copain, plein de tatouages et les cheveux longs, ne pouvait pas m'accompagner. Il m'attendait parfois devant le portail, dans sa camionnette décorée et taguée, garée juste à côté de l'estafette bleue, avec un grillage entre les deux (ce ne sont plus des estafettes, les voitures des gendarmes, mais quand j'étais gosse, c'étaient des estafettes, alors on dit ça, nous, les filles de gendarmes, l'estafette, et ça veut dire la voiture de nos pères).

Quand le travail a commencé, la douleur est tout de suite devenue plus forte que mon silence. J'étais chez mon copain, je savais que c'était pour aujourd'hui, j'avais fait la grasse au lieu d'aller en cours. Je voulais que mon copain s'en aille, je voulais me débrouiller toute seule. Je lui répétais mais t'as pas un truc à faire, c'est déjà fini les vendanges ? Tu fais rien, merde, tu pourrais bosser un peu. Je serrais les dents, avec les mains fort j'appuyais dans mon dos, j'essayais de réfléchir très vite, comment m'y prendre, dans le lit avec plein de serviettes, par terre, sur les toilettes peut-être pour pousser, et après, qu'est-ce qu'il faut faire, et le bébé je l'amènerai quelque part, à l'hôpital, pour que quelqu'un s'en occupe, mais comment aller jusqu'à l'hôpital, et le laisser sans se faire voir, il me faudrait un mot aussi pour le collège.

Mon copain regardait un truc à la télé, je lui ai dit bouge de là, il s'est retourné en me traitant de grosse vache alors je lui ai dit tiens ça y est tu as remarqué il était temps, je grimaçais en me tortillant, il m'a demandé putain mais qu'est-ce que t'as, alors je lui ai tout dit, en le suppliant de ne pas m'emmener à l'hôpital (sinon ils appelleraient mes parents c'est sûr). Après, on irait, après, pour laisser le bébé.

On est restés des heures à ne pas savoir quoi faire. Mon copain demandait sans arrêt comment j'avais pu me fourrer dans une merde pareille (en buvant des bières pour se calmer). Il s'est refoutu devant la télé à l'heure des feuilletons, avec le casque. Je me suis mise à le haïr aussi rapidement que la douleur augmentait. Plus j'avais mal, moins je supportais de voir son corps avachi. Quand la douleur est devenue intenable, la peur aussi s'est installée, brutale. Une peur de je ne savais pas quoi. J'ai changé d'avis pour l'hôpital. J'ai secoué le bras de mon copain qui pendouillait (il était un peu saoul et s'était endormi devant les infos).

Je suis sortie de la camionnette, mon copain ne m'a même pas dit courage, il répétait quelle conne mais vraiment quelle nulle, j'ai claqué la portière au plus fort d'une contraction en jurant de ne plus jamais le revoir.

Je n'avais plus mal de la même façon, je m'habituais au rythme désordonné des contractions. J'acceptais leur violence. Je n'avais presque plus peur. J'étais déterminée, presque heureuse, en marchant du parking jusqu'à l'entrée des urgences. Quelques mètres mais j'avais des pas lourds, et je m'arrêtais souvent, pour expirer, réfléchir, retenir des larmes et des cris, non ça fait trop mal maintenant, je me suis appuyée contre un arbre. Je ne pouvais plus bouger. L'écorce sèche et froide d'octobre c'était ma douleur par plaques, des reins au ventre. Elle me traversait, elle faisait comme le tour de moi. Je suis restée un moment contre l'arbre, juste en face du hall des urgences, puis quelqu'un m'a soulevée.

Il y avait plusieurs personnes autour de moi. Ils m'ont interrogée. J'ai tendu mon bras pour la perfusion, j'ai levé les fesses pour laisser passer les sangles qui tenaient des capteurs dont je ne comprenais pas l'utilité. Ils ont attaché mon ventre, j'avais les jambes seules, j'étais pleine de réticence. J'avais si mal.

J'ai fini par leur répondre, oui j'étais mineure, bientôt quinze, non, pas vraiment, pas de suivi, des problèmes de santé, non je sais pas, je crois pas, non. Leurs voix se ressemblaient. J'avais peur à nouveau. Des heures et des heures de travail déjà, et une fatigue si grande, vous êtes fatiguée, jeune fille. Si, je me sentais capable de tenir encore, non, n'appelez pas mes parents.

Ils m'ont eu par les sentiments, le cœur du bébé commençait à ralentir. Une sage-femme a baissé le bras que je levais. Calme-toi. Regarde. Elle me montrait le tracé sur la machine, il faut prendre une décision. J'ai donné le numéro de mes parents en surveillant les battements sur le monitoring. J'étais ahurie de douleur, et j'avais tellement peur maintenant. Ils ont appelé pour avoir l'autorisation d'opérer. Il fallait une permission de mes parents pour une césarienne.

Le temps de les avoir, mes parents, en pleine nuit, une nuit où pour une fois mon père n'était pas planton (le téléphone noir, pas le gris, qui sonne en pleine nuit, c'était pas comme d'habitude). Le temps qu'ils comprennent (comment ça vous autoriser à pratiquer une césarienne), et mon bébé déjà souffrait, chaque seconde son cœur avait de la peine à battre, son cœur freinait sous la pression de mon ventre bétonné, chaque seconde son cerveau manquait un peu plus d'oxygène, il devenait chaque seconde ce qu'il est, ce qu'il sera toujours.

La naissance de Titouan a commencé à la gendarmerie, dans le garage de l'estafette, pendant leur fête idiote de la Saint-Sylvestre. J'étais réfugiée là, coincée entre deux autres filles de gendarmes, et cette fois ostensiblement grosse. Je me goinfrais de gambas amères. Ma voisine sans livre s'ennuyait un peu, elle souriait et me regardait pour passer le temps sans doute. Elle devait avoir treize, quatorze ans. J'ai perdu les eaux juste avant le traditionnel visionnage du film porno, entre adultes, gendarmes et femmes de gendarmes, les gosses maintenant c'est l'heure d'aller au lit. Moi j'avais enfin mes dix-huit ans. Tout juste.

Je me souviens du regard étrange de ma voisine, il n'était plus le même. Elle ne me souriait plus. Elle me regardait, puis regardait le sol en ciment, comme fascinée par cet incident, la perte des eaux.

Le regard de ma voisine m'a longtemps trotté dans la tête, il m'a soutenu (on en a fait des bêtises ensemble). Il m'accompagne encore quand je vais chez mes parents.

Ma voisine habite toujours à la gendarmerie. Elle n'a jamais découché. Elle sort dans la cour pour lire (même s'il fait froid). Ses cheveux noirs retombent sur son visage sauf quand elle les attache dans un chignon bâclé. S'il fait beau et qu'on ne se dispute pas, ma mère et moi on met Pierre dehors, au soleil, pendant ces minutes ces heures où ce n'est plus elle qui doit le garder, et que ce n'est pas encore moi (on traîne toutes les deux, on a pas envie de le prendre, on a pas envie de le laisser). Ces jours de soleil la voisine nous regarde de loin, avec ses grands yeux bleus (je ne sais pas ce qu'elle voit, mais elle nous regarde). Des yeux qui ne paraissent pas juger, des yeux comme ceux de Pierre, grands, clairs, troubles, mais au lieu d'être pleins de vide ils sont pleins de plein de choses. Ceux de Pierre restent au ciel, au plafond, aux nuages. Les yeux de ma voisine viennent jusqu'à nous. Ils se fixent sur moi, et sur Pierre, sur ma mère. Puis sur moi, sur lui.

Quand on était petites mon père nous a surprises (on écoutait à la porte du bureau). Il nous a traînées par les cheveux jusqu'aux cellules, derrière le bâtiment, et nous a laissées là, le cuir chevelu et la conscience tourmentés. On a entendu le verrou, le petit bruit du couvercle de l'œilleton qui se ferme, des rires. On se tenait la main. De l'autre main je serrais mon grigri de cheveux. Une sorte de lumière venait de la petite fenêtre barrée par de l'acier. On se regardait hésiter. Elle était à deux silences deux respirations de pleurer. Je voulais l'impressionner. J'ai marché dans la pièce insalubre triste vide et grise, parfaitement identique aux autres, qui résonnait beaucoup. J'ai crié pour écouter grossir ma voix. De plus en plus fort et les cloisons bétonnées répercutaient le son, c'était excitant. Mon père nous a sorties la tête pleine, le visage tout rouge, très fâché.

Nos pères arrivaient le soir et se désarmaient, certains se changeaient, pas le mien. Il répondait en tenue au téléphone gris, dans le couloir, et je devais fermer la porte.

Les journées sans école étaient longues.

Il ne fallait pas s'approcher des fenêtres du petit bâtiment administratif, celui qu'on appelait le bureau, et, les heures d'ouverture au public, se tenir plus loin encore dans la cour, ne pas être vus des gens qui venaient déposer une plainte, ne pas les voir non plus.

Mon père était souvent planton. Il prenait le téléphone (l'autre téléphone, pas le noir, le gris), et le branchait dans le couloir. Il n'y avait pas encore de centre opérationnel, alors gendarmerie nationale j'écoute c'était à la maison. Le noir c'était pour nous, par exemple papi mamie, les amis, la famille. Le gris c'était celui de la gendarmerie. Ce téléphone pouvait sonner à n'importe quelle heure et on avait interdiction formelle d'y toucher. La sonnerie n'était pas la même, on ne pouvait pas faire semblant de se tromper. La prise dans le couloir était juste à côté de ma chambre. J'entendais la sonnerie, et mon père se lever, lourdement. Je voyais son ombre entrouvrir la porte et contrôler si je dormais bien. Il refermait la porte, j'écoutais ce qu'il répondait. J'essayais de deviner l'histoire. Je farfouillais silencieusement dans le tiroir de ma table de nuit pour trouver mon doudou de cheveux. Le tenir contre moi aidait ma concentration, et tenait ma peur en retrait (je jouais à me faire peur, et ça marchait). Un accident, combien de véhicules, des morts, des blessés, où, calmez-vous madame, dites-moi où vous êtes, regardez autour de vous, il y a peut-être un panneau. Un tapage nocturne, des jeunes à tous les coups, ou des clodos, des ivrognes, est-ce que vous pensez qu'ils ont bu, oui, ah oui c'est une infraction. Un signalement urgent, un type qui battait sa femme, vous pensez qu'il la frappe, je crois bien ce n'est pas suffisant monsieur, oui, d'accord monsieur, je vous écoute, décrivez-moi l'individu, mais êtes-vous sûr de l'entendre crier, pensez-vous vraiment qu'il la menace. Mon père inspectait encore une fois la profondeur de mon sommeil, et appelait un de ses collègues (si nécessaire) en lui donnant les indications qui me manquaient. Je vérifiais mentalement si j'avais juste.

Je faisais beaucoup d'exercices mentaux dans la gendarmerie.

Au printemps je m'asseyais sur le goudron de la cour pour suivre les trajectoires des fourmis, je comptais le nombre de colonnes, le nombre de fourmis par colonne. Le nombre de brindilles ou de miettes ramassées. Je mangeais des quignons de pain pour les attirer. Je levais les yeux de temps en temps pour vérifier si le portail était bien fermé. Le fils de l'adjudant me conseillait d'en écrabouiller une, de quoi, ben de fourmi, comme ça toutes les autres viendraient à son enterrement. Lui il préférait les gendarmes, ces punaises des bois qui singent les coccinelles. Pendant qu'il les faisait grimper sur des ramilles, je comptais les points sur les dos rouges en tripatouillant les cheveux dans ma poche.

Autrement je traînais dans les escaliers des logements de fonction. Je m'arrêtais au niveau des paliers intermédiaires. Je me baissais pour coller mon visage contre les fenêtres au ras du sol, qui donnaient sur une route en contrebas. Ce n'étaient pas tout à fait des fenêtres, plutôt des petits espaces vitrés. Non, ce n'étaient pas des vitres, mais des sortes de briques de verre, des blocs transparents, qui laissaient filtrer des bouts d'images à travers de minuscules carrés. Je regardais pendant des heures les mini-voitures démultipliées par les carrés, remontant la route (ma main dans la poche de mon blouson, pour pouvoir toucher la natte). Ma mère s'inquiétait un peu de mon obsession. Parfois je comptais les voitures, parfois non. Je prenais note, dans ma tête, de leur couleur, leur presque forme. Une comme ça, une autre. Je faisais ça sans m'amuser, et même c'était énervant, comme une obligation quotidienne.

Les carreaux innombrables, les images fragmentées, les déformations, c'étaient des morceaux d'espace où s'engouffrait mon emploi du temps.

Crispée je nouais des attentes à ma tresse (de plus en plus amochée). Je perdais des heures à retrouver mes minutes, mes journées, mes secondes volées. Je préférais les perdre que me les faire prendre. Ma mère répétait tu perds ton temps à tes maniaqueries, tu veux pas lire regarder la télé venir promener jouer avec la voisine. J'aimais perdre du temps, j'aimais en trouver. Et j'en trouvais plein, dans la gendarmerie, du temps, des heures des journées, à mesurer des yeux la hauteur du portail de la brigade, à suivre du doigt les fourmis, à diviser le nombre de voitures par leur couleur dans les escaliers.

Sur les escaliers, il y avait des taches incrustées dans le carrelage, grises, marron et combien de noires.

Je me relevais quand une des femmes de la brigade me poussait avec le balai.

Les femmes de gendarmes aident leurs maris dans les tâches hebdomadaires : tailler les haies, nettoyer les escaliers, laver l'estafette, l'entretien de la cour, des espaces verts, des espaces gris. Dans la gendarmerie, on n'a pas d'agent de service, on nettoie chaque fin de semaine, ça s'appelle être de corvée. Les gendarmes eux-mêmes s'occupent des poubelles. Petite j'y voyais de la grandeur. Une grandeur toute relative, qui rapetissait très vite avec le fer à repasser, quotidiennement manié par les femmes de gendarmes qui avaient une mission, ne pas rater le pli de la chemise, bien au milieu du dos. Ma mère passait des heures à recommencer le pli, même après des années d'expérience.

Quand Pierre est né, ma mère s'est occupée de lui, bien plus souvent que moi, et ça lui prenait tout son temps de femme de gendarme.

Les premiers mois, prendre soin de Pierre, c'était comme prendre n'importe quel bébé dans ses bras. Et ma mère était comme n'importe quelle grand-mère, gâteuse et envahissante, bavarde. Elle montrait mon bébé partout, il était si beau. Blond dès la naissance. Le seul blond de notre famille. Et la peau si claire, pâle, indifférente. Translucide aux tempes, on y voyait des dessins de veines bleues (donc il était en vie). Ma mère est une grand-mère du Sud, épaisse dans ses caresses. Elle me dégoûtait. Elle posait ses mains causantes sur le corps muet de Pierre. Elle le couchait dans un berceau plein de froufrous, elle voulait l'allonger sous les mensonges des niaiseries. On savait bien qu'il y avait quelque chose, mais c'était pas très visible. C'était pas comme pour une telle du village, dont la fille venait d'avoir des jumeaux avec un Noir, et tous les deux, vous savez, tous les deux, noirs comme leur père, pas café au lait, noirs (tu sais maman, les Noirs ne sont pas si noirs à la naissance, ah oui tu t'y connais toi en histoires de bâtards).

Ma mère commérait, mon bébé dans ses bras. Mon bébé sans regard, que je regardais de loin. Je le trouvais ridicule, dans ce berceau. Mon bébé, mon bout de lune étouffé par la dentelle, maman tu veux pas le laisser respirer deux minutes, ah ça te va bien de dire ça. Mon bébé gâché, le visage absent, je me demandais comment ma mère arrivait à lui mentir une vie, juste parce qu'il était beau et si blond. Mon bébé bétonné qui ne sursautait pas quand je claquais la porte en traitant mes parents de sales vieux cons racistes.

Ma voisine était dans la cour, avec d'autres, le jour où ma mère a ouvert la fenêtre en grand pour crier que mon fils avait une dent. Elle a dû lever ses grands yeux bleus, et sourire un peu. Je ne sais pas, moi je n'étais pas là, mais je sais que ma mère a crié, à la ronde comme on dit (elle m'a raconté, plus tard, quand je suis passée chercher un peu d'argent : je suis tellement contente que je l'ai dit à tout le monde, il a une dent, il a même pas quatre mois et il a une dent, tu te rends compte).

C'était un jour de soleil, les femmes étaient (forcément) dans la cour avec la marmaille. Ma voisine, assise sur le perron, toute à son livre, a levé ses yeux curieux j'en suis sûre vers les cris de ma mère (pour voir ma mère, elle a dû fermer son livre, se lever et se retourner).

Je n'étais pas là pour cet événement, pour sa première dent, ni pour les suivantes. Je rentrais le soir chez mes parents, mais pas toujours. Je vadrouillais avec mes copains (mes parents pensaient que j'étais encore en stage). Je passais des heures inattentives, rancunières, des jours patients, à ne rien faire. Je voulais me venger. Mais je ne savais pas bien ni comment, ni de qui, ni pourquoi. J'avais honte un peu de mon bébé. Je l'oubliais. Quand je voulais prendre une douche, je rentrais dormir chez mes parents, mon lit était si près du sien, et pourtant rien. Il ne réagissait pas, et moi non plus. Il ne pleurait même pas. Moi non plus. Il était dans la maison de mes parents c'est tout. Certains soirs au contraire j'étais fière de lui. Il existait, parce que je discutais avec de nouveaux copains, je racontais ma vie et Pierre c'était comme s'il m'était arrivé quelque chose, comme si c'était mieux encore que des cicatrices.

Le temps a traîné, des mois et des mois. Je faisais semblant d'aller au collège, aux stages, puis au lycée (pour mes parents j'étais inscrite en CAP coiffure, mais sans contrat d'apprentissage tu parles). Mes copains me disaient laisse tomber, c'est naze la coiffure. Je n'avais plus de tresse dans ma poche depuis longtemps. Je n'ouvrais plus ma trousse. Je n'osais pas dire que ça me manquait, de toucher des mèches, des têtes entières. Les filles dans la bande avaient les cheveux si longs. Parfois je trompais leurs réticences en les caressant insensiblement. Je cueillais avec elles des myosotis dans le bois après les vignes, en bas du pioch, et je les mettais dans leurs cheveux l'air de rien. Les garçons haussaient les épaules en vidant leur bière. J'étais un peu la nunuche de service. Avec mes copains on allait en ville, on revenait au village, on campait sur les plages, on partait des semaines entières chez des copains de copains. Je suivais.

Je suis restée plusieurs mois chez un type qui vivait loin de tout, dans un petit mas au milieu des vignes, au fond de l'arrière-pays, sans confort. Il devait avoir trente, quarante ans. Il était pas vraiment beau, mais il avait des cheveux longs, épais, brun roux, démesurés. Pas des mèches maigres comme la plupart des hommes, mais de vrais beaux cheveux de femme, avec des nuances variées (mélanges déstructurés de rouges décoiffés), que je démêlais. Il se laissait peigner parce qu'il trouvait ça reposant, érotique, insolite.

Il ne parlait pas beaucoup. Il traficotait pour vivre, un peu d'herbe et surtout de l'isabelle, qu'il ramassait seul et qu'il distillait seul dans un réduit derrière le mazet. Il le mettait en bouteilles méticuleusement, comme si c'était le nectar absolu, c'était beau c'est vrai, dense, soyeux. Les bouteilles étaient presque opaques. Elles avaient de belles couleurs (pas autant que ses cheveux). Le feuillage de l'isabelle grimpait sur du grillage devant le mazet pour faire de l'ombre (l'isabelle pour des tonnelles c'est légal). Le reste du cépage était disséminé caché entre des ceps ordinaires. C'était facile à reconnaître, parce que l'isabelle ne craint pas le mildiou, et les autres si. Je lui ai dit qu'il allait se faire prendre. L'isabelle rend fou, il se vend cher, il a un arrière-goût de framboise (foxé disait-il et ça me faisait penser aux renards roux souples fauves comme ses cheveux), mais goûte au moins. Il essayait de me faire boire. Je secouais la tête. Je crois qu'il me méprisait. Il me baisait avec violence, mais j'aimais bien parce que c'était toujours en silence et je lui tenais les cheveux et ça l'excitait alors il devenait plus violent encore, sans bruit. Je me demande si l'isabelle lui montait pas un peu à la tête ou aux glandes. À l'automne un matin j'ai pris une grappe dans ma main juste pour voir, toucher, sentir la peau dense cireuse pruine sous mes doigts. Pour voir, toucher et sentir plus encore, j'ai pressé un peu. Il a bondi en me disant t'es folle, t'es rien qu'une gamine.

J'avais du jus dans les doigts, du rouge sur les joues, c'est bon j'y touche plus à tes raisins.

Quand les gendarmes sont venus, il m'a mis une trempe. Je lui ai juré que je ne les connaissais pas, c'était pas la brigade de mon père. Il a rien voulu entendre, il m'a dit dégage. J'ai fait mon sac (quelques bouteilles d'isabelle enroulées dans mes tee-shirts) et de rage j'ai fouillé dans ma trousse. Avec mes ciseaux de coiffure en colère je suis revenue vers lui. Il était de dos, penché sur un verre sous la treille du mazet. C'était trop facile. Je me suis approchée mon sac dans le dos. Les mains libres et prêtes. J'ai soulevé ses cheveux, il a fait non de la tête, à cause de ça j'ai bougé et il y avait un peu de sang dans son cou. J'ai couru, couru au milieu des ceps avec mon trophée. Les feuilles de vigne étaient orange rouges jaunes marron cuivre le soleil couchant rouge aussi et mon visage tout rouge encore, essoufflé.

J'ai caché les cheveux sous une pierre dans la conduite près de la gendarmerie. Je suis rentrée quelques jours chez mes parents, j'ai pris un peu d'argent. Pierre était plus grand plus gros mais toujours immobile et silencieux. Il commençait à grogner, gémir, mais en écoutant bien, c'était encore une autre forme de silence, plus lourd plus sourd, plus profond c'est tout. J'ai fermé la porte de ma chambre. J'ai retrouvé mes copains.

J'ai débouché les bouteilles d'isabelle, ils se sont laissé convaincre et assommer. On a repris notre vie plate. Les plages en hiver j'aimais bien. C'était gris, un peu sale, un peu triste, avec beaucoup de vent.

Au printemps, on a trouvé par hasard une cache derrière la cave coopérative, tout près de la gendarmerie (entre les deux la route et tout autour les vignes et les lotissements). C'était une sorte de vide sanitaire en dessous des cuves en béton, pas loin de la bascule. On a installé tout ce qu'il faut, une prise électrique, un réchaud, des matelas. Moi je trouvais quand même que c'était vide et sombre, avec beaucoup d'écho. Il n'y avait même pas le fenestrou avec des barreaux qui permet la lumière dans les cellules de la gendarmerie. C'était le début du printemps, personne ne venait à la cave. C'était le début du printemps et il fallait s'enfermer là-dedans. Toi la coiffeuse t'es pas contente t'as juste la route à traverser pour rentrer chez papa. N'empêche, on savait qu'avant la fin de l'été il faudrait décamper. Rien que le vacarme de la pesée, ce serait plus possible. Et la macération ça pue (chaque automne il faut fermer quelques jours les fenêtres de la gendarmerie). On avait pas envie de se faire prendre non plus. On déménagerait nos affaires, on démonterait l'installation. On y reviendrait l'hiver.

Je continuais à traverser la route une ou deux fois par semaine pour me laver et ramasser un peu d'argent, au passage je recevais les raclées de mon père et j'écoutais le silence de Pierre. Mes copains étaient pas bien malins non plus.

Ils me prenaient sans patience dans le bois, en bas du pioch. On ramassait des poireaux de vigne et des asperges sauvages pour faire des omelettes dans lesquelles ils ajoutaient des patates nouvelles, un peu de sarriette, du persil, de la muscade (et de l'herbe avec un air complice à la con). Ils me poussaient dans les églantiers qui griffaient ma nuque mon dos, puis mes seins mon ventre, mon dos à nouveau, quand ils me retournaient aux changements de bite. À toi. Ils me soulevaient les cheveux (je les avais souvent juste étalés sur les épaules). Ils les rejetaient vers l'avant ou l'arrière pour tenir mon cou entier dans leurs mains solides. Les roses puériles sauvages s'emmêlaient dans les mèches. Ma tête était pleine de ronces. Je me laissais faire mais les églantines étaient douloureuses. Je prenais dans mes paumes égratignées leurs pétales douillets. Je les broyais. Mes copains parfois me tendaient la main pour me relever.

J'avais peur que ça m'enlève le parfum acide et chétif que je venais de voler, et que je gardais précieusement dans mon poing.

J'ai réveillé tout le monde à dix heures un lendemain de cuite collective. Je voulais vomir et j'ai trébuché. J'ai eu la sensation d'une répercussion sans fin, comme si j'étais tombée dans toute la cave coopérative. Les filles ont râlé parce que je vomissais par terre (c'était pas pire pourtant que le moût à venir), les mecs ont rigolé. Peut-être bien que j'avais trop bu, tu parles qu'elle boit jamais. Peut-être bien que j'étais mûre pour un nouveau morveux, eh tu devais être pleine comme une comporte le jour où t'as fabriqué l'autre.

J'étais enceinte de Titouan. On entendait une grosse pluie résonner dans le béton. J'ai ramassé mes affaires et j'ai couru chez mes parents. La route était gominée grasse sous la pluie lourde, Je suis allée voir sous la route dans la conduite mais c'était plein d'eau. J'ai mis ma main, j'ai trouvé la pierre, les cheveux roux avaient filé sans doute. J'ai sonné au portail (impossible dans mes poches de retrouver la clé, j'avais dû la faire tomber en courant). J'étais mouillée sale et désolée mais cet orage ça me rendait lumineuse. Mon père en tenue est venu ouvrir. Il était protégé par son képi. Moi je lissais peignais mes cheveux gras liquides. Eh ben t'es belle il a dit.

La rivière a gonflé quelques jours, sans sortir du canal.

Je suis restée à la gendarmerie couver mes nausées puis mon ennui jusqu'au soir du nouvel an. Je regardais ma mère s'occuper de Pierre. Je buvais du chocolat chaud jusqu'à l'écœurement (je rajoutais plein de sucre). Pierre et moi on dormait encore dans la même chambre. Je commençais à m'habituer à lui. Je le prenais dans mon bain pour économiser l'eau. Je mettais mes pieds sur le rebord de la baignoire, je calais son corps entre mes cuisses et mon gros ventre. J'appelais ma mère pour le sortir. C'était jamais comme il fallait, le derrière des oreilles, et les cheveux, tu le sais bien que c'est mercredi, une fois par semaine la tête, le mercredi, je te l'ai dit cent fois, et comment tu vas faire avec l'autre, jamais tu vas t'en sortir. Mais si je l'ai lavé partout, tu me gonfles. Il avait presque trois ans, il ne marchait pas, il ne mangeait pas tout seul, il ne tenait pas assis. Il était toujours aussi blond, il faisait de plus en plus de bruit. C'était toujours du bruit de silence, du bruit sans parole. Mes parents pareil. Ma mère avait des crises de nerfs régulières et mon père sortait de sa torpeur pour distiller des remarques par-ci par-là. Je chantais la nuit pour ne pas entendre les gémissements de Pierre, les craquements de son lit, les crises stridentes de ma mère. Je chantais contre mon drap, la voix cachée assourdie pour que mes parents n'entendent pas. Vers le sixième mois, j'ai senti un morceau de mon ventre bouger à cette voix. J'étais sur le côté. Je me suis levée pour pousser mon lit jusqu'à celui de Pierre, ça m'a fait un peu mal. Pierre ne gémissait plus, je me suis rallongée, ma bouche contre les barreaux de son lit, tout près de son oreille, et j'ai repris mon chant clandestin. Il s'est retourné vers moi, son visage tordu près du mien. Je ne sais pas s'il me voyait, mais j'en ai profité pour essuyer ses lèvres où la salive débordait, et mes joues aussi.

J'ai blessé tout le temps du troisième trimestre en calculant comment je pourrais bien nous sortir de là, tous les trois.

Les inondations sont venues. Les gens d'en bas du village en colère et les gendarmes débordés, comme chaque année, chaque fin d'automne. Décembre gorgé d'eaux sales m'écœurait, les préparatifs des fêtes de fin d'année, la grande famille des gendarmes. Quelques heures avant d'accoucher, je me suis gavée une dernière fois de chocolat chaud, jusqu'à vomir. Ma mère en passant la serpillière m'a dit que c'était pas bien malin juste avant le repas du réveillon et si près du terme, mais t'es conne comme la lune ma pauvre fille. Elle était fatiguée, excédée, inquiète. Mon père en tenue m'en a collé une, la dernière, et j'étais bien contente, après les gambas, de pisser du liquide amniotique dans le garage de la gendarmerie, sachant que les gendarmes n'ont pas de femme de ménage, et qu'ils seraient bien obligés de m'emmener très vite à l'hôpital, même en plein réveillon, et tant pis pour le film porno.

À la maternité ma mère venait me voir tous les jours avec Pierre dans la poussette. Je me sentais rassurée par sa présence ridicule et raide. Je l'attendais, ma mère ouvrait la porte, il était là, inutile, immobile, mais j'avais bêtement besoin de lui. Ma mère m'a confié en avoir honte, maintenant, ça commençait à se voir, oui mais toi, c'est sûr, si c'était toi qui t'en occupais, tu comprendrais, tu te rends pas compte.

Elle devait faire deux trois courses, je lui ai dit laisse-le-moi, vas-y, prends ton temps, mais si je t'assure.

Elle a calé la poussette entre mon lit et la fenêtre, près du berceau transparent. Je me suis levée pour regarder dormir Titouan et remonter le corps de Pierre qui s'affaissait un peu. Il avait les yeux et la bouche ouverts, mais dans cette ouverture un souffle de sieste, alors j'ai mis la poussette en position allongée, et ses paupières se sont fermées mécaniquement, comme celles des poupons aux yeux dormeurs.

Un de mes ex-copains a ouvert la porte sans frapper, il était confus, si troublé d'être là qu'il n'a rien dit. Il a posé sur la table de nuit un paquet de châtaignes grillées. Je me suis recouchée. Il est reparti, presque timide.

Titouan dormait resserré dans une couverture roulée. Il était encore tout ridé, ses yeux étroits, tout petits petits dans son visage, et une bouche comme un trait de plus, un front avec des tressaillements juste en dessous de sa tête chevelue brune presque poilue (des cheveux des poils jusque dans le dos). J'ai pris le paquet de châtaignes, elles étaient encore chaudes, j'ai mangé lentement. Pierre a ouvert les yeux quand j'ai reposé le carton gras sur la table de nuit. Je me suis levée à nouveau, je l'ai détaché, je l'ai porté jusqu'à mon lit. Titouan s'est mis à pleurer, je l'ai sorti de son bocal pour le prendre avec nous. On a fait connaissance tous les trois. Je les ai caressés sur la tête, et mes mains noircies par les châtaignes ont teinté leurs cheveux, leurs fronts leurs tempes jusqu'aux yeux.

Ma mère est entrée, avec plein de paquets et un regard qui me jugeait. Elle a posé ses sacs, elle est allée vers le coin douche, je la voyais de dos fouiller dans mes affaires. Je pouvais entendre sa respiration agacée. Elle est revenue avec un gant mouillé et s'est mise à débarbouiller mes enfants en faisant des commentaires. Je les tenais fort contre moi, elle essayait de dégager mes bras pour atteindre leurs visages, ils criaient tous les deux, et moi plus fort qu'eux, mais si j'allais le faire, bien sûr que si.

À la maison chez mes parents, je me suis mal tenue sur le canapé. J'étais avachie, les pieds sur la table basse. Mon père est rentré et je me suis redressée par réflexe. Titouan s'est mis à pleurer. C'était pas l'heure du bib. Mon père en tenue m'a dit fais-le taire. J'ai pris un journal de la semaine passée dans le porte-revues. Mon père a répété tu vas le faire taire. Il y avait un article dans le *Midi Libre* parce que Titouan était le premier bébé de l'année dans le département. Mon père s'est retourné, j'ai pu voir dans son dos le pli bien droit. Je me suis précipitée dans la chambre en emportant le journal, ne le touche pas. J'ai refermé la porte. Titouan pleurait comme si sa voix manquait de tout. Pierre était fade, plus gris qu'une lune en noir et blanc dans le *Midi Libre.* J'ai mis le journal dans un sac, avec quelques affaires, ma trousse de coiffure et mes papiers (j'ai fouillé dans le tiroir de ma table de nuit, je l'ai sorti entièrement, j'ai tout vidé, mais plus de cheveux, depuis le temps que ma mère voulait s'en débarrasser). J'ai demandé à mes parents une lettre de caution, un peu d'argent aussi, pour commencer. Je vais chercher un appart. Je trouverai du travail, j'ai changé. Mon père a ricané en me rappelant que je n'avais même pas le permis de conduire, ma mère voulait venir avec moi visiter les apparts, mais il fallait bien quelqu'un pour s'occuper des enfants le temps que j'en trouve un.

J'ai choisi cet appart au cinquième étage dans le quartier gitan, et ma mère a recommencé sa rengaine sur mon irresponsabilité, jamais je ne m'en sortirai. Il faudra porter Pierre dans tous ces escaliers, il n'a que trois ans, encore il est pas trop lourd, mais après. Il faut traverser tout le couloir extérieur, mais t'as vu comme c'est sombre, et sale, et Titouan dans tout ça, trois là-dedans vous allez jamais tenir (ça, ça m'étonne pas que tu veuilles habiter chez les caraques).

Au salon quelquefois les bonnes femmes me posent des questions sur mes enfants (jamais les hommes, mais ils écoutent au cas où). Elles commencent par parler de Titouan, il est si mignon, et qu'il est gracieux, toujours à sourire, puis leurs phrases malignes se glissent vers Pierre. Je réponds. Je suis polie. Mais je suis encore plus maligne qu'elles. Dans mes réponses elles ne trouvent rien pour alimenter les commérages, pour médire, compatir, me plaindre. Je sais aussi prendre soin d'elles, alors que la patronne a le coup de peigne plutôt brutal. Elles me réclament pour pouvoir bavasser sur moi, en apprendre plus sur mon histoire. Elles sont agréablement shampouinées, avec cette délicieuse sensation de picotements dans le cuir chevelu. Elles ne retiennent rien d'autre que ma gentillesse, ah oui, la fille du gendarme, qu'est-ce qu'elle a changé.

En revenant de la garderie j'ai pas souvent envie de rentrer, je tourne et retourne et pour torsader le temps, je descends le quartier gitan en suivant la circulade (les escaliers avec la poussette c'est fatigant). Je longe les ombres cathares jusqu'en bas. Titouan empêtre sa marche dans les roues de la poussette. Je le gronde. Il se dégage et complique la promenade en essayant de monter sur tous les trottoirs, les devants de portes, les petites marches décalées. Je ralentis, je le laisse faire. J'ai envie de marcher dans les vignes vers le pioch, comme avec la bande, jusqu'à l'extrémité du soir. Je traîne, je me balade, je ne sais pas trop où je vais. Après le deuxième rempart, je traverse le canal, je soulève les roues avant de la poussette pour traverser le petit collecteur où suinte la rivière. Titouan s'amuse à courir pour sauter par-dessus (regarde maman, 'garde). On suit la route des vignes qui s'écarte de la rivière, puis la retrouve. Je prends le chemin du pioch. Titouan roumègue un peu, mais si, viens, on va chercher des cagarauletas.

J'ai un peu la trouille de croiser les autres, mais ils doivent zoner en ville maintenant.

Titouan sautille en cherchant les petits escargots beiges. Pierre se laisse attendre. Je le regarde ne rien voir, les yeux plus loin que le soleil couchant. Titouan court dans les rangées de ceps qui commencent à se charger de grappes. Elles sont encore acides. Les fenouils sont hauts, leurs tiges se balancent, Titouan n'a pas besoin de se pencher pour attraper ses bestioles. Il les décroche méticuleusement, ses petits doigts attentifs à ne pas briser la coquille translucide, à peine chagrinée, fine comme une peau. La vigne change de couleur. Le village aussi, tout au fond. Et où ? Je me retourne. Où mets maman, ka'go ? Je reste bête un moment, les yeux dans les petites mains de Titouan. Elles sont remplies de cagarauletas, leurs coquilles de peau, fragiles et presque blanches, semblent vides, on dirait des perles, on pourrait les mettre sur des barrettes, ça ferait joli.

Le soleil passe derrière le pioch, les cheveux de Pierre ont des frissons d'or. Ceux de Titouan s'orangent. Je prends mon sac sous la poussette, je l'ouvre et je sors ma grosse trousse de coiffure, je la vide directement dans mon sac, j'écarte les bords de la trousse. Titouan verse ses trésors. Il pose la trousse grosse d'escargots sous la poussette et je débloque le frein.

En arrivant au village, même si la nuit est juste devant nous, je n'ai pas envie de rentrer, pas encore, pas tout de suite. Devant la rivière, je ralentis. Et si on allait voir les jardins. Il y en a plein par ici. Ils sont tous différents, et tous au même endroit, de chaque côté du canal (régulièrement inondés en hiver par la rivière énorme et limoneuse). Certains sont clôturés vite fait avec des barbelés, d'autres délimités par des haies proprettes. Il y a des jardins de curé, des jardins d'ouvriers, des jardins de vieux. Des jardins bien ordonnés ou pas du tout, des jardins de romanos ou d'Espagnols dirait ma mère, un vrai foutoir. Des jardins spécialisés dans les tomates salades, certains avec quelques ceps, beaucoup de fleurs, courgettes et haricots verts, d'autres avec un peu de tout. Et même des jardins sans potager, avec des baraquements fermés par des moustiquaires, une table et quelques chaises, le coin barbecue mais loin de la maison, un bout de terre en bas du village, juste histoire de venir prendre le frais le soir en été. Titouan saute la rivière, court, il essaie de monter sur les bords en béton, mais ça penche beaucoup trop. Je prends le premier chemin de sable, quelques mètres et le soleil est à nouveau devant, tout affaibli. Titouan me rattrape, essoufflé rouge, tout souriant. Je pousse d'une main une petite grille en fer, de l'autre j'essaie d'engager la poussette dans le passage étroit, obscur à cause des haies de bambous qui protègent et séparent les lots de terre. Le visage de Pierre déborde et les feuilles de bambou le griffent ou le chatouillent, l'agacent. Je le remets droit. On s'enfonce dans le passage, les minutes sont de plus en plus opaques. Titouan derrière me tient par le pantalon. Un tournant et d'autres portes grillagées. J'ouvre la première sur la gauche, au hasard. Je force un peu, ça grince.

Sur un banc tout près un pépé sursaute. J'ai senti sa surprise, mais je ne le vois pas bien. Je m'approche. Je ne l'ai jamais vu dans le village, même pas au salon. Son visage est caché par la nuit et la roue du puits. Il se penche. Ah, tu m'as réveillé, fille. Il me demande si je suis pas la fille du gendarme, t'as bien changé. Je lui dis de m'excuser, je croyais qu'il n'y avait personne à cette heure, je voulais promener les gosses. C'est mon jardin préféré, celui-là (je ne suis pas sûre de vouloir parler, lui non plus peut-être, je ne sais pas, il a l'air seul). Tu l'as bien choisi. Sa voix est toute petite. On oublie tout le village, la route, la télé, les touristes. Y'en a qui languissent sur la route, sur les plages, t'as vu aux informations? J'ai pas la télé. On est mieux dans le jardin, va, on oublie tout. Le village, la route, la télé, les touristes, tout ça. Il répapille, mais c'est pas grave.

Tout, ma fille, tout. Tu vois, c'est bien simple, on oublie tellement tout que ça me fait roupiller (au creux que ça fait soudain dans sa petite voix, je crois qu'il rit). Assis-toi, reste pas là. Il tousse. Sa voix minuscule prend un peu de volume. Maintenant je le vois mieux, de près et plus attentive. Il s'est redressé, les deux mains noueuses et les ongles noirs sur sa canne. Son visage est tellement ridé, sa peau est grenue, on dirait qu'il est fait de gravier, les mains plus chagrinées que des coquilles d'escargots, le visage troué. Ses yeux (des trous) sont exigus dans ce gravillon, perdus, comme des yeux de forêt, à peine visibles. Il est très vieux, d'une vieillesse indécente, démesurée. Il est moche et sale. Ses habits sombres l'enfoncent plus encore dans le début de nuit. Je lui souris. J'avance la poussette jusqu'au banc, en contournant le puits, le pépé essaie de ne pas regarder Pierre, mais il n'y arrive pas. Il sourit, pour répondre à mon sourire sans doute, ou pour s'excuser (les rides remontent doucement, je me demande comment son visage tient et retient encore, si près des os, cette peau de joues mâchées, ses lèvres maigres). Pierre remue. Je sors un mouchoir pour essuyer l'excès de salive. Pierre remue trop. Je le détache pour le prendre contre moi sur le banc. En me penchant je vois une bouteille sombre sans étiquette sous le banc. Les yeux de forêt s'éclaircissent un peu, le pépé me parle du jacquez avec fierté. C'est comme l'isabelle? Il hésite parce qu'il sait que je suis fille de gendarme. Quand j'avais ton âge c'était autorisé, hein, ne va pas t'imaginer, juste un petit coup de temps en temps. Titouan commence à faire son intéressant. Il sort la trousse. Il y a déjà un peu de bave sur le plastique transparent. Ah, et elle a une boîte en bois, avec un grillage, ta mère? Parce que si c'est pas du bois, elles seront pas bonnes, tes cagarauletas. Il faut pas les laisser là-dedans mon pauvre. Je savais même pas qu'on pouvait les manger, ceux-là, mais si, avec une belle frisée, tu viendras la cueillir ici, regarde, elles sont pas belles? Il me montre ses salades (c'est tout ce qu'il y a dans ce jardin, et un peu de menthe brûlée, le reste c'est un bazar pas possible, rien d'identifiable). Je le félicite. Il se lève, difficilement, et marche tout desséché, le pas friable, plus lent qu'un escargot de Titouan vers son cabanon, tout au bout du jardin. On l'entend trifouiller, ça dure des heures. Je serre Pierre qui s'énerve. Titouan s'approche du cabanon, prudemment (une prudence de peur curieuse). C'est une sorte d'abri fait de pare-brise, de portes-fenêtres, de planches, de tôles, de grillages et même de plaques d'immatriculation clouées n'importe comment. Titouan tient une sorte de poignée en métal. Il se tourne vers moi, je lui dis mais oui. Il entre, et revient presque tout de suite avec une boîte en bois, suivi du pépé. Ils s'assoient ensemble près de moi. Pierre ne bouge plus, je pense qu'il dort, je le remets dans la poussette, il ne s'en rend pas compte. On ne va pas tarder parce qu'on a même pas mangé encore et je crois qu'il faut le changer. Titouan a les yeux qui vacillent, il se couche sur les genoux du vieux, presque invisible. La nuit grossit sa voix. Il m'explique comment faire jeûner les cagarauletas sur des feuilles de laurier et de thym. Et puis tu les manges en salade, une semaine après, avec la frisée, de l'huile d'olive et de l'ail. C'est bon pour le petit ventre et le petit cœur (il chatouille Titouan, qui se réveille et s'étouffe, tout rouge à nouveau dans le noir).

Je réponds gentiment oui la santé ça va, et chez vous ? J'ai les mains dans cette chevelure mixte (grasse sur le crâne, sèche au niveau des pointes), je rajoute du shampoing. Je rince et la vieille peau se détend, l'eau est à la bonne température, le mouvement de mes mains si doux, elle n'aura rien à redire. Il ne faut pas qu'elle ait à redire. Ce n'est pas n'importe qui, mais la femme du docteur. Une des plus fidèles clientes du salon. Elle est friquée. Les cheveux sont raides, filasse, abîmés. J'aime le contact des cheveux, même gras, raides, fatigués. Je fais un deuxième lavage pour éliminer l'excès de sébum. Je positionne le bout de mes doigts sur le haut de la tête, la pulpe attentive, presque attentionnée, et je commence par masser doucement le front. Je sais qu'en dessous des pensées tournent et retournent. Cette femme n'a jamais travaillé, elle s'ennuie à cent à l'heure. Elle vient pour dépenser son argent de poche, et recueillir des morceaux de vies, des rognures. La patronne astucieuse jette toujours à ses clientes des reliefs d'histoires, miettes délicieuses, au moment de la coupe. La femme du docteur ne s'en contente plus. Je pense qu'elle me cherche. Elle veut des bouts de ma vie à moi. Elle veut me plaindre, juste pour passer le temps. Son mari respecte le secret médical, il la tient à l'écart. Elle veut savoir. Elle ne saura pas. Je serre les lèvres, je pense à Pierre. Pour me concentrer ailleurs, je me regarde faire. Mes doigts hésitants ont des mouvements circulatoires. En exerçant une légère pression je continue le massage sur tout le cuir chevelu, des tempes jusqu'à la nuque, pendant trois minutes au moins (les bouts de mes doigts glissent délicatement sous les oreilles). Je lui fais du bien. Madame la femme du docteur a des cheveux qui ont son âge. Elle est venue leur redonner du dynamisme et du volume. Je l'invite à s'installer sur le fauteuil. Elle me sourit. Je n'ose pas trop la regarder. Je cherche des détails pour éviter de penser. J'enlève la serviette de ses épaules et je la remplace par une cape de coupe en essayant de l'ajuster parfaitement sur le peignoir en poly-laque (c'est marqué sur l'étiquette : polyester laqué, antitache, antistatique, lavage machine 40°, repassage à fer modéré).

Je commence à démêler.

Je lève les yeux de l'étiquette et dans le miroir je vois le visage nerveux malgré le massage du shampoing ; pourtant je me suis appliquée, j'ai même utilisé un baume extra-doux, légèrement parfumé à la vanille, pour accroître la sensation de bien-être.

Je réfléchis très vite tout en peignant ces pauvres cheveux, aussi calmement que je le peux.

Je laisse le peigne pour ordonner les mèches avec mes doigts.

La cliente s'impatiente un peu. Je lui parle, tout en séparant les mèches presque une à une. Elle hésite.

Je la rassure, non cette chevelure n'est pas insignifiante, et ce n'est pas tellement de volume dont elle a besoin, mais de fluidité, il faut faire onduler ces cheveux, comme la rivière en automne parce qu'en ce moment la rivière, pas terrible. Elle est conquise. Je lui propose quelque chose de nouveau pour elle. De nouveau pour moi aussi. De nouveau pour le village entier. Une audace. La patronne s'approche et me donne son accord d'un signe de tête. La cliente s'enhardit, me pose des questions sur d'éventuels effets indésirables, mais non, pas du tout. Ses amies seront soufflées. Au marché demain, tout le monde en parlera.

Je place une dizaine de mèches sur un feuillet transparent. J'applique l'assemblage sous les touffes naturelles, à un centimètre et demi du cuir chevelu. Ma précision fait des jalouses. Un cercle s'est formé autour de la cliente et moi. J'en suis à peine consciente, je me concentre sur mes doigts, le feuillet de transfert, les cheveux, les vrais, les faux. Les yeux de Pierre sont très loin (peut-être pas si loin que ça). J'introduis la rangée des cheveux naturels et la rangée des extensions dans une pince spéciale. Le processus de liaison commence. Je m'applique. Je pourrais oublier mes journées (mes nuits). Des chuchotements nous entourent. Je retire le feuillet adhésif avec minutie.

Je laisse tout le monde admirer les extensions soudées, parfaitement fondues dans les cheveux naturels, puis je répète le travail de pose dans toute la chevelure.

J'entreprends ensuite un balayage de plusieurs coloris, répartis sur des tracés de mèches très fines (pour donner une profondeur en trois dimensions), une coupe, effilé-dégradé en biais sur les bordures (pour faire plus jeune), et je finis de travailler les cheveux au brushing vers l'intérieur sur une grosse brosse ronde.

C'est ma première coupe, très réussie. Ce sont mes premières extensions. Ce sont même les premières extensions du salon. La patronne m'a laissée faire. Elle range le tiroir à cheveux. Je n'ai pris que des trente centimètres châtains, mais elle vérifie, on sait jamais. Elle m'a vue fouiller plusieurs fois dans le tiroir, tripoter les cheveux hindous, sagement nattés. On a les cheveux depuis quelques jours seulement, la patronne répétait depuis des semaines c'est à la mode maintenant, il faut s'y mettre, les jeunes en réclament (et même pas que les jeunes, parce qu'entre nous, c'est pas quand on est jeune qu'on perd de l'épaisseur), et pour les coiffures de mariée, c'est un plus.

Je vais m'asseoir au fond du salon, sur un des fauteuils des bacs de lavage. La patronne a fermé le tiroir-caisse, elle me montre de loin le contenu généreux de la coupelle en osier. Comme je ne réagis pas, elle se rapproche la coupelle à la main. Oui j'ai vu, j'ai vu. Elle s'assoit sur l'autre fauteuil.

Demain je pourrai pas venir, et après-demain non plus, parce que. Mais je serai là samedi, ne vous inquiétez pas. Oui je sais, ta maman est venue, toi non plus ne t'inquiète pas. C'est mieux comme ça tu sais.

Je m'approche de l'esplanade avec Pierre. Je vais l'abandonner ce soir, puisque c'est demain (le train est à six heures). Spécialement pour l'occasion, j'ai confié Titouan à ma mère.

J'ai pris le car, je suis en ville avec Pierre pour la première fois. On ira voir les canards, on mangera des glaces. Et puis c'est tout. Il mourra sûrement avant moi, c'est ce que m'a dit le docteur du village. La césarienne me faisait encore mal des mois après. Je n'ai senti ni ses épaules ni ses hanches, je n'ai rien senti alors pourquoi maintenant ça fait si mal. Je tenais mon tee-shirt en l'air pour qu'il voie, il s'est levé de son bureau, mais au lieu d'examiner mes cicatrices, il m'a pris la main, le tee-shirt est retombé souple et frais, je ne crois pas qu'il vive jusqu'à l'âge adulte, on ne sait jamais, mais. Mais il vaudrait mieux pas. Oui ça vaut mieux qu'il ne soit jamais adulte. Déjà que son corps est trop lourd.

J'ai honte de son corps, il est tout tordu. J'ai tellement honte que je n'arrive pas à être triste.

J'essaie de le faire tenir sur la poussette, je serre le harnais de spéléo, mais son torse et ses épaules et sa nuque, sa tête, retombent par côté. Je coince ses chaussures sur l'appuie-pieds, au-dessus des roues. Il grogne un peu. Je m'énerve en voyant ses yeux en l'air, ses yeux toujours gardés par les nuages, aujourd'hui il n'y a pas de nuages, alors regarde-moi, Pierre, mais laisse-toi faire, écoute, tiens-toi droit, regarde-moi, mais regarde-moi. Je m'empêche de crier.

Je l'ai emmené sur l'esplanade, voir les marionnettes, les canards, les jeux, les autres enfants, manger des glaces.

Aux marionnettes, il avait les yeux de l'autre côté. Je pensais je sais pas, qu'il sentirait quelque chose, l'écoute peureuse et surexcitée des autres gamins, l'ambiance frileuse du rire. On est partis avant la fin, Pierre commençait à être bruyant et les mamans se retournaient.

Les canards s'approchent, ils sont pas sauvages, ils en font du boucan. Ils ont senti le pain rassis dans le sac plastique et trifouillent dedans avec leur bec. Pierre ne bronche pas. J'ouvre le sac et je vide tout le pain par terre. Les autres enfants trébuchent sur les roues de la poussette, dans les pieds de Pierre, courent autour de lui sans le voir. Les jeux, non, il est trop lourd, trop mou, pour que j'essaie de l'asseoir sur le toboggan ou la balançoire, alors je regarde les autres monter et descendre, monter et descendre, tomber, pleurer, être consolés par leurs parents.

Pierre je ne l'ai jamais entendu ni vu pleurer. Il ne sait que grogner, gémir, baver. Il ne sait pas pleurer, ni sourire, ni même ouvrir en grand la bouche pour faire semblant. Desserrer ses lèvres, comme un enfant de son âge, pour rire, ou se goinfrer de bonbons. La glace, j'ai bien essayé de la lui donner, directement dans sa bouche avec mes doigts. Une glace à la réglisse parce que moi j'aime ça, alors peut-être il a les mêmes goûts. J'ai ouvert ses lèvres avec une main, et j'ai glissé mes doigts froids à l'intérieur, mais il a secoué la tête violemment. Il avait de la glace partout, ses joues collaient. Il en avait dans les cheveux, sur ses longues boucles blondes toutes dépeignées, qui gouttaient au-dessus de ses grands yeux clairs, et ses yeux rougissaient de l'irritation, et coulaient eux aussi. J'ai sorti une lingette et j'ai dû me retenir pour ne pas pleurer, crier, pleurer, je me retenais, tout à l'heure, et hier au salon. Je me retiens encore, en me disant c'est le dernier jour, plus jamais ça, mais de me dire c'est le dernier jour, plus jamais ça, je me sens coupable, alors je voudrais pleurer, ne plus me retenir maintenant.

J'entends un bruit d'impact et Pierre s'agite. Je crois qu'il vient de recevoir un ballon en pleine figure, je le vois devant nous, avec des fleurs rouges et jaunes. Je relance le ballon vers la petite fille qui s'est arrêtée. Je me suis accroupie pour être à la bonne hauteur. J'aperçois des jambes impeccables sur talons hauts s'approcher rapidement. La maman est confuse, s'excuse à n'en plus finir, regarde sa fille, la gronde. La petite fille doit avoir l'âge de Pierre, elle ne bouge toujours pas, elle a laissé filer le ballon sur l'herbe, je me tourne pour le regarder dévaler une pente. La maman insiste, dis pardon au petit garçon ma chérie, les enfants, vous savez ce que c'est. Elle tire sa fille par le bras, viens, on va chercher le ballon, mais la petite est paralysée. Ses yeux sont brûlants, pleins de larmes mal gardées.

Je lui dis c'est rien.

C'est rien. Les ballons, c'est comme les boules de neige, ça n'obéit pas toujours aux mains des enfants (à cause du vent).

Quand il avait neigé à la gendarmerie, c'était extraordinaire. Tant de neige c'est pas souvent. Avec le vent, des congères commençaient à se former. Nos pères inquiets regardaient par la vitre du bureau, il fallait déblayer le parking.

On courait comme des animaux, dans tous les sens, et notre joie désordonnée n'avait aucune limite. Elle nous a poussés jusqu'au petit bâtiment administratif. On n'y pensait même plus, à l'interdiction formelle de jouer là. Je ne sais pas lequel d'entre nous a lancé la première boule sur la fenêtre du bureau, mais on a tous suivi, et c'est la petite sœur de ma voisine, prise d'un fou rire aigu et bruyant, un rire de gosse, qui était le plus près quand ils ont jeté la grenade lacrymogène.

Je l'ai traînée par le bras jusque chez elle, elle criait, criait, appelait sa mère. À moi aussi ça me brûlait, mais je pouvais ouvrir les yeux. Elle était toute rouge, elle hurlait j'y vois plus rien, j'y vois plus rien, maman, je suis aveugle.

Quand ma voisine a ouvert la porte, je l'ai poussée et j'ai soulevé sa petite sœur pour la déposer directement dans les bras de sa mère. Je me suis essuyé les yeux le nez la bouche avec ma manche et j'ai pris ma voisine à part en lui faisant promettre qu'elle m'aiderait à venger sa sœur, j'avais les yeux tout rouges, et je les détestais, les gendarmes.

La petite fille n'est toujours pas rassurée, sa mère s'impatiente, je prends la gamine par la main et je lui fais toucher la joue de Pierre. Regarde il a pas mal, mais je crois qu'il veut un bisou, enfin c'est pas sûr, et t'es pas obligée non plus, c'est toi qui sais. Le visage de la gamine grimace. Son baiser est si léger hésitant réticent sur le visage de Pierre qu'il se retire vite et rate le mien.

J'ai quitté l'esplanade, on se promène dans le centre-ville. Des regards nous entourent, et ça ne me gêne plus. Je n'ai plus honte, et même, même je me sens libre, presque arrogante.

Il se met à pleuvoir, très fort alors qu'il faisait si beau, une énorme averse, comme ça, sans nuage apparent. Je rentre la poussette à toute vitesse dans un café. La tête de Pierre se cogne contre la porte. Je rentre, je m'installe et je le redresse. Je demande un café et un glaçon. Le serveur dit ah bon, va pour un glaçon et un café.

Je me suis mise dans un coin au fond pour ne pas bloquer le passage avec la poussette. Je remercie le serveur. Je soulève le menton de

Pierre. Je sors le glaçon du petit verre et je le passe sur son front, où la bosse est déjà visible. Le serveur derrière le bar sourit en essuyant des sous-tasses.

Je me lève pour prendre des serviettes en papier sur le comptoir. J'essuie le visage de Pierre, puis le mien, ses longs cheveux trempés, les miens, je coince une mèche derrière son oreille gauche. Ses paupières se ferment et dans le même temps sa bouche s'entrouvre. Il s'endort sans doute. J'essuie le coin de ses lèvres. J'enlève mon pull et je le pose sur lui en ramenant ses bras sur son torse. Je me cale sur la banquette pour boire mon café, et je la vois. Ma voisine. Je reconnais ses cheveux noirs, raides et mal peignés, qui retombent tout mouillés autour de ses deux mains. Les coudes sur la table, les bras relevés, les doigts un peu crispés qui soutiennent son visage à l'endroit des joues (des joues pliées tordues). Tout son visage penché. Elle bouge soudain, ramène ses bras vers son corps, la main droite tourne une page, puis cherche une tasse, qu'elle rate de quelques centimètres. Elle redresse la tête pour trouver la tasse, et sourit parce que ça y est, elle m'a vue. Elle se lève, prend le livre et la tasse, vient s'asseoir en face de moi.

À mes questions elle répond qu'elle a un trou de deux heures. Elle regarde Pierre, elle me regarde. Elle m'interroge sans rien dire. Elle a marqué la page du livre fermé dans sa main gauche en glissant l'index. Son pouce cache le titre.

C'est un livre de poche avec une peinture reproduite sur la couverture. Une peinture ancienne, le portrait d'une jeune femme dans une pièce étroite, vide et grise, qui regarde par une petite fenêtre avec des barreaux, elle est habillée comme une religieuse, oui on dirait une bonne sœur triste dans une cellule de couvent. Elle lit de ces trucs. Elle me regarde encore avec cette question sans mots. Je lui explique tout. Je lui raconte ce dernier jour, l'esplanade, ma honte, ma fierté, les rues, la pluie et cette décision que je n'ai pas prise, mais que je suis bien obligée d'accepter. Elle pose le livre sur la table, je lui fais remarquer qu'elle va perdre sa page. Elle me répond non,

non, je me souviens toujours où j'en suis, mais depuis quand tu obéis à tes parents, toi ?

La pluie s'est arrêtée mais des gouttes restent sur les vitres et ça déforme la silhouette de ma voisine. Avec toutes mes histoires, je l'ai un peu mise en retard, mais elle m'a dit t'inquiète en reprenant son sac à dos, ce sera pas la première fois.

Je crois que Pierre ne dort plus. Je regarde la place de ma voisine. Pierre a les yeux ouverts, mais je ne suis pas si certaine qu'il soit réveillé. Je ne suis pas certaine non plus qu'il se soit endormi.

Je reprends mon pull, je l'enfile. Je redresse Pierre.

Je n'arrive pas à détester ma voisine. Je lui en veux, pourtant. Avant de se lever elle m'a dit regarde il rêve, elle voulait dire écoute il rêve, parce qu'il gémissait doucement, sans avoir tout à fait l'air de souffrir. Mais qu'est-ce qu'elle en sait, des pensées des rêves des cauchemars de Pierre, ils sont pas écrits dans ses livres. J'ai fait la moue, il le fait tout le temps, de gémir, ça veut pas dire qu'il rêve. Elle m'a rétorqué, avec malice, il rêve peut-être tout le temps.

Pour monter dans le car avec Pierre j'ai eu du mal ce matin, mais cet après-midi à la gare routière il y a une mamie que je connais, elle se propose de m'aider (volontiers). Je la coiffe souvent, je donne du volume à ses cheveux pour cacher sa petite calvitie (une mini vague légère qui procure aux cheveux fins une bonne tenue). Elle plie et prend la poussette (il faut enlever les sangles, merci beaucoup). Je porte Pierre jusqu'au siège. Je l'attache en passant les sangles dans le harnais de spéléo, puis autour des accoudoirs (oui, donnez, encore merci madame). Je le coince contre la vitre, je m'assois à côté.

La mémé se place derrière nous. Pendant le trajet elle me parle de mon père. Elle l'a vu hier, vous savez, quand il est venu pour ce pauvre homme, mais si, celui qui habite juste à côté de chez moi. Non, je ne sais pas, alors elle me raconte. Je me retourne par politesse. Je veux bien écouter les commérages, pour une fois, elle est sympa cette vieille. Je comprends vite qu'il ne s'agit pas d'une simple histoire de voisinage. Pendant qu'elle détaille le suicide de son voisin, je ne peux pas m'empêcher de reconstituer mentalement la conversation entre le gendarme planton et mon père. Je fais mon ancien exercice à l'envers. Les détails sont encore plus sordides plus précis que les faits divers auxquels les filles de gendarmes sont habituées. De la cervelle, il y en avait partout, même sur la tapisserie, alors vous pensez, quand on voit ça, c'est moi qui l'ai trouvé, vous savez. La vieille pleurniche et j'essaie de la consoler avec des remarques toutes faites, c'est mieux comme ça, allez, il est mort sur le coup, il a pas souffert. Elle me l'accorde, oui, mais si c'est ça croire en Dieu, vous vous rendez compte ? Vous croyez, vous les jeunes, qu'on peut se tuer parce que Dieu vous a oublié ? Parce qu'on n'est pas encore mort ? Je ne comprends pas bien, alors elle me parle de la lettre qu'il a laissée, de cette peur qu'il avait à presque cent ans d'être toujours vivant, d'avoir été oublié. Oublié par le bon Dieu, tu parles. Les vieux, ils carburent au jacquez, ça leur monte à la tête, ça les met tout en désordre. C'est demain les obsèques, je ne sais pas si j'aurai le courage, vous savez.

Pierre a les yeux fermés, sa tête tombe contre la fenêtre du car, tout son visage est tourné vers le paysage. Il doit être endormi. Sur son front, des gouttelettes de sueur glissent des cheveux et se collent sur la vitre. Ses lèvres entrouvertes sucent un mélange de buée et de transpiration. Je me rends compte soudain que j'ai oublié de faire jeûner les cagarauletas, elles doivent être encore dans ma trousse sous la poussette pliée, étouffées desséchées écrasées. Titouan va m'en vouloir.

Je peigne Pierre de mes doigts, puis je le laisse pour m'asseoir derrière.

La vieille est dans tous ses états. Je la prends dans mes bras. Elle sent un peu mauvais. Elle est chaude, embarrassée. Elle est humide et douloureuse. Un peu plus et elle me donne envie de pleurer moi aussi. Elle continue sa lamentation, on dirait qu'elle se berce de choses tristes. Les vieux ils aiment bien se plaindre. Ils aiment pleurer aussi. Elle me décrit cette espèce d'ennui dans lequel on nous laisse nous les vieux les vieilles plusieurs jours, plusieurs semaines. Elle me détaille leur vie neutre, insipide. Elle me parle du jardin, vous savez où ils sont les jardins, sur les berges, après la passerelle. Il y passait ses soirées, le pauvre homme. À rien faire, rien du tout, à mesurer des yeux la hauteur des haies de bambou. Elle venait l'aider de temps en temps, c'était pas pour ses trois salades, c'était pour lui tenir compagnie, il était seul, vous comprenez.

Mon ventre se rentre.

Je la serre maintenant à lui faire mal.

Elle s'enlève de mes bras pour essuyer ses yeux avec un mouchoir brodé. Elle me regarde un peu surprise presque abrutie. Comme un secret, mais assez fort pour qu'elle entende, je lui murmure vous savez quoi, si Dieu existe, c'est un pervers, il doit bien s'amuser en ce moment. Elle hoche la tête tout doucement. Elle se hisse hésitante pour voir Pierre, endormi, sanglé, baveux. Elle me regarde à nouveau. Elle hoche la tête encore, à plusieurs reprises. Elle me parle, mais cette fois en chuchotant, en me tutoyant, en rapprochant sa bouche son haleine sa plainte de mon cou. Elle se prend peut-être pour ma grand-mère, elle me montre Pierre, discrètement (toi aussi, hein, tu dois aimer à pleurer, tu essuieras mes larmes, j'essuierai les tiennes si tu veux).

J'entends la mémé me dire merci et courage, courage ma fille, quand je reprends ma place près de Pierre. Pierre et mes larmes, tu parles. Je remarque ses yeux ouverts, aimantés par le plafond du car.

J'essuie la bave et je redresse son visage.

Je regarde la poussette pliée contre le siège. Dans le panier en dessous, ma trousse de coiffure est toute aplatie, et dedans je ne vois rien d'autre qu'un amas grisâtre collé au plastique transparent. Titouan va m'en vouloir, c'est sûr.

Ma mère a déjà fait le sac de Pierre. Je reprends Titouan (j'ai quelque chose à te dire mon trésor), et je l'avertis que j'ai changé d'avis.

Ma mère entre dans une colère terrible, elle me menace, ah et que je ne compte plus sur elle la moitié de la semaine, c'est plus possible, ça non. De toute façon je vais arrêter de travailler au salon, j'en ai marre de coiffer des mamies presque chauves. Et aussi elle ira se plaindre à la commission départementale. Si tu veux. Si tu crois qu'ils me font peur.

Je n'ai jamais répondu à leurs convocations. Je me suis cachée quand ils sont venus. Deux fois. J'avais peur. Je me sentais fautive, je pensais qu'ils allaient me prendre Pierre, qu'ils avaient un mandat d'amener, quelque chose comme ça (j'y comprends rien à ces histoires de papiers et de tutelle). La première fois j'étais seule, je me suis immobilisée jusqu'à ce que leurs pas redescendent l'escalier. La deuxième fois, j'avais les enfants. Je les ai emmenés sur le balcon en disant chut. J'ai fermé la porte de la cuisine. C'était l'hiver. Je tenais Pierre contre moi, Titouan frissonnait sans se plaindre. Je lui ai donné un gâteau après pour avoir été si gentil.

Je ferme la porte de mon appartement à double tour. Les enfants sont sages. Je jette directement ma trousse de coiffure dans la poubelle. Titouan n'a pas rouspété, même pas pleuré. Pierre est sous le rideau de perles. Je l'ai posé là le temps de remonter la poussette, puisqu'il avait l'air calme. Le rideau bouge un peu, la tête de Pierre aussi, et Titouan passe et repasse à travers le rideau devant son frère en coupant le soleil du soir en diagonale. Les reflets se distribuent bizarrement sur le visage de Pierre, comme si ses traits n'étaient pas tout à fait ensemble. Il m'effraie. Je les emmène sur le petit balcon. Titouan court vers le fond, il se penche et prend la boîte en bois, grillagée sur le dessus. Je l'avais posée à côté des toilettes. Il la fait tourner dans ses mains. Il me demande s'il faut la rendre au monsieur.

J'attache Pierre à la rambarde, et je vais ranger son sac, toutes les affaires que ma mère avait préparées. Dans la chambre je réalise qu'elle est venue chez moi prendre des habits pour compléter la valise. Il faudra qu'elle me rende la clé.

Je reviens sur le balcon, Titouan est assis à côté de son frère, les jambes dans le vide, le visage dans les barreaux, pour le recopier. Il parle à quelqu'un, plus bas. J'entends une voix lui répondre. Je me penche pour voir. Je dis bonjour. Les terrasses se répondent en étages, et descendent jusqu'au canal bétonné, au fond du village. Certaines sont vitrées, d'autres entourées de canisses. D'autres sans rien, qu'un grand vide ensoleillé orange. Il y a de tout dessus, des gens, du linge, des tricycles, des chiottes comme chez moi, du débarras. Des jeunes qui jouent de la guitare. Des filles qui se disputent en fumant. Des roquets, des chats, des plantes. Titouan regarde (en protégeant ses yeux du soleil bas avec sa petite main), il épluche des détails (des oiseaux des fenêtres), il commente, une femme ramasse son linge, il décrit ce qu'il voit à Pierre, avec ses mots de bébé, ses phrases escamotées, pour ce que Pierre comprend de toute façon, la femme repart avec son panier plein de couleurs, ça sent la bouffe et ça me donne faim. Titouan montre du doigt les jardins, tout bout, là, bas là-bas. Je me demande comment il fait, pour reconnaître tout ça. Après les jardins les vignes, après les vignes le pioch. Allez on rentre c'est l'heure de manger. J'essaie de détacher Pierre mais il se débat mais il est lourd. Titouan n'écoute pas, il agrippe les barreaux, il se colle à son frère et le tient par les hanches. Il passe son bras dans le harnais. Je les laisse à leur contemplation (il y voit rien il entend rien tu sais), et je rentre préparer le repas.

Je reviens avec des coussins, un sandwich, et deux biberons de lait.

Je m'installe contre le mur, je mets les coussins autour de moi. Titouan vient s'asseoir dans mes jambes, il boit son bib et je mange mon sandwich en écoutant le jour finir. Tant pis pour ce soir on sautera le bain. J'ai fini mon sandwich, Titouan fait encore durer son bib. Je le pousse pour détacher Pierre et le prendre avec nous. Sur son visage et dans son cou, les barreaux les sangles ont laissé des marques. Il grogne un peu et refuse de téter. Titouan va chercher le pistolet à eau, mais au lieu de jouer à pan, bois, il me le passe, puis se laisse tomber dans les coussins comme un chat. Je fais couler le lait dans le réservoir, je place le canon dans la bouche de Pierre et j'appuie doucement sur la gâchette, en essuyant au fur et à mesure ce qui déborde entre ses lèvres avec le bas de ma robe.

J'ai reçu un catalogue. Je me demande comment ils ont eu mon adresse. Je regarde l'intérieur de la boîte aux lettres. Je ne comprends pas.

Je reviens du village, je suis allée acheter des tomates et du jambon (et du pain) pour midi. Je suis passée au salon, aussi, donner ma démission. Pour ce que je gagne de toute façon, ça vaut pas le coup de continuer.

Je demanderai le dossier de Pierre pour avoir les allocations spéciales, puisque je le garde tout le temps maintenant, c'est moi qui devrais les toucher, surtout si je m'arrête de travailler. Il faut que je m'occupe de tout ça, les allocations, la sécu, les papiers, avant que ma mère aille se plaindre, réclamer, faire je sais pas trop quoi pour dénoncer mon attitude en pleurnichant comme elle sait si bien le faire devant les travailleurs sociaux.

Hier elle m'a encore appelée, me suppliant de réfléchir, elle insistait, tu sais je peux porter plainte, j'ai raccroché en lui disant ben vas-y, t'as juste la cour à traverser.

Je me sentais bizarre dans le salon, au milieu des clientes, toutes des habituées. Je leur ai dit au revoir à chacune avec une goutte de regret sur la langue qui changeait ma voix. Je voulais pas pleurer, sinon c'est ridicule. J'ai posé une pile de magazines sur la table basse (je les rends, puisque je m'en vais). En fait j'aimais bien ça, coiffer les solitudes, bavarder de tout et de rien. Mais il y avait toujours une conne pour me poser des questions (la santé, hein, comment ça va, les enfants).

Je suis allée vers les bacs de lavage, et j'ai reconnu ma voisine, les yeux fermés, la tête en arrière. C'est pas une habituée, elle, je me suis demandé ce qu'elle foutait là. J'ai soufflé sur son visage et elle a ouvert les yeux, je me suis approchée très près, ah tiens. Elle m'a dit son intention d'en finir une bonne fois pour toutes avec les cheveux longs. Je lui ai conseillé du super court, ça ferait ressortir ses grands yeux bleus. Des encoches twistées, pour donner de l'extravagance à la forme arrondie de la coupe (il faut placer les cheveux aux doigts pendant la ventilation du séchoir et dessiner la frange à la cire brillante ou avec une crème). Elle a fait la moue : pas de sèche-cheveux, pas de cire ou de crème, que du naturel et surtout s'il te plaît du facile à coiffer parce que je ne me coiffe jamais, tu comprends, mais jamais. J'ai répondu d'accord, d'accord... de toute façon c'est pas moi qui vais le faire, je laisse tomber la coiffure, je vais m'occuper de Pierre à plein temps.

Elle s'est redressée, elle avait l'air toute jeune, elle a soupiré en souriant. Elle m'a rappelé qu'elle était là, si j'avais besoin.

La patronne est allée au fond du salon, elle est revenue avec une natte de cheveux bruns, cadeau. Je l'ai remerciée. Et aussi un paquet de billets.

La vieille dame du car était sous le casque royal, elle a fermé son magazine pour sortir un mouchoir (brodé du même motif que celui de l'autre jour).

Je surveillais les enfants restés dehors (avec les trois marches c'est pas commode, et j'en avais pour deux minutes), Titouan tenait la poussette des deux mains, je lui faisais signe, ne la lâche pas. Je me suis accroupie près d'elle, ne vous inquiétez pas, non, mais non, je ne suis pas toute seule, allez. Elle m'a serrée dans ses bras.

Titouan me faisait des grimaces à travers la vitre, Pierre aussi, mais sans faire exprès. J'avais envie de rire et de pleurer.

Leurs deux visages étaient barrés par les lettres de la devanture à l'envers. Les horaires (non-stop 9h-18h) sous les mains de Titouan, les tarifs des forfaits (shampoing + brushing) sur le menton de Pierre, au front de Titouan les histoires de cartes d'abonnement pour fidéliser les clients (carte familiale ou individuelle), toute la belle vitrine de la patronne gâchée par leurs gestes incohérents, leurs cheveux mal coiffés, tout emmêlés, le visage malmené de Pierre.

Je suis sortie et je les ai grondés pour la forme, passe nous voir de temps en temps, j'ai dit oui, oui (mais ça m'étonnerait).

Pour lui montrer que je suis fière de lui, qu'il est un grand garçon maintenant, j'ai donné le courrier à Titouan.

Je prends Pierre dans mon dos, je laisse le pain, le jambon et les tomates sous la poussette (je les récupérerai tout à l'heure, quand je remonterai la poussette). Titouan, encombré des lettres et du catalogue, ne peut pas monter à quatre pattes. Je sais qu'il peut le faire, monter comme un grand, puisqu'il est propre. Je l'ai laissé passer devant. Il se tient droit, il nous ralentit un peu.

Je lorgne sur le catalogue, je lis « votre partenaire santé » à travers le plastique. Je pousse un peu Titouan, ça le fait rire, allez avance.

Le repas a été facile. Titouan a fini son assiette tout seul (il adore les tomates), puis il a voulu m'aider à gaver Pierre.

Je lui ai montré comment faire, comme pour les petits oiseaux, la maman oiseau met directement le manger au fond du bec (même des fois elle le mâche d'abord, et crache dans la bouche du bébé oiseau).

Il a ri très fort en prenant la tomate écrasée et les grains de jambon mixé dans ses petits doigts. Il a ri en essayant de tout rentrer dans la bouche de Pierre, que je maintenais ouverte avec mes mains. Pierre ne s'est pas trop débattu, je l'avais pris sur mes genoux, mais il a refermé sa bouche malgré mes mains, comme pour mordre les doigts de son petit frère, plusieurs fois, ce qui a grandi encore le rire de Titouan, aïe aïe mais non maman ça fait mal en faux. Je me suis demandé si Pierre ne le faisait pas un peu exprès, juste pour sentir sur ses joues dans son cou le rire de son frère, tout près de lui, peut-être même le voir.

Ils dorment maintenant, et je regrette de me raconter des histoires, comment Pierre pourrait faire exprès de titiller son frère, comment Pierre pourrait faire exprès quoi que ce soit.

Je mange à mon tour, moi aussi sans couverts. Je prends juste une tomate, une tranche de jambon, je vais sur le balcon avec le catalogue. Je m'assois par terre, et je l'ouvre sur mes genoux en faisant bien attention de ne pas tomber du jus sur les pages. Je fais attention, mais ça coule quand même, alors je rentre dans la cuisine, je prends du pain, je l'imbibe d'huile d'olive, je frotte la tomate dessus, et je ressors m'asseoir.

Dans le catalogue il y a toutes sortes d'appareils, présentés dans un vocabulaire spécialisé étrange, mais j'arrive à traduire. Des trotteurs pour adultes, des transats pour le bain, des poussettes supportant de fortes sollicitations et jusqu'à 70 kg. Le siège coquille présente une assise réellement adaptée à la morphologie du patient. Je pousse les miettes un peu grasses qui sont tombées. Je relève mes cheveux pour lire mieux. Mes mains sont pleines d'huile d'olive, j'en profite pour lubrifier toutes les mèches (avec le soleil les pointes s'assèchent). Je rentre chercher un torchon que je mets sur ma tête, en prenant soin de rentrer tous les cheveux dedans. Si j'avais un siège comme ça, je n'aurais plus besoin d'attacher Pierre sur la chaise (et de caler la chaise avec la table contre le mur) pour le forcer à manger. Et aussi, je pourrais le laisser dans ce siège pendant la journée, au lieu de le plier dans le lit, je pourrais le mettre sur le balcon sans l'attacher à la rambarde, il se laisserait peut-être palper plus facilement par les bruits du matin ou du soir, il sentirait seulement sur sa peau le soleil le vent et plus les sangles et les barreaux, il serait frôlé par les martinets. Je ne suis pas sûre que ça lui fasse mal, les sangles, les barreaux du balcon, de la chaise, du lit. Mais comment savoir.

Densité de capitonnage d'assise adaptée au poids du patient (quel que soit le type de coussin anti-escarres que vous choisissez de placer dans l'assise, il conserve toutes ses propriétés de maintien, de soutien et de sécurité). C'est peut-être la douleur d'ailleurs qui le paralyse le cabre le fait gémir et se débattre.

Je referme le catalogue, je rentre dans la cuisine parce que le soleil est trop haut à cette heure, il me tape sur la tête (même avec le torchon). Je me demande comment ça se fait que ma mère n'ait jamais commandé tous ces appareils. Et je me demande aussi ce que c'est des escarres. Si j'étais à la gendarmerie, je monterais demander un dictionnaire à ma voisine.

Je me suis trompée d'arrêt, on est descendus à l'autre bout de la ville. J'avais pas envie de reprendre un bus, et recommencer tout le trafic avec la poussette à plier, les sangles à détacher, porter Pierre, l'attacher avec les sangles sur un siège, le détacher, remettre les sangles dans la poussette, rattacher Pierre. Alors on a marché, on a traversé toute la ville au rythme du pas de Titouan. J'ai fini par le prendre dans mes bras, comme un sac à dos porté sur l'abdomen. Je soutenais son petit corps d'une main, et je poussais Pierre de l'autre. Il est pas très lourd, Titouan.

Devant la commission départementale, j'ai cru que je m'étais encore trompée. C'est un bâtiment médiéval, avec des vitres comme des vitraux (sans les couleurs). Des encadrements de fenêtres sculptés, de belles pierres gris-marron, une lourde double porte en bois. J'avais l'impression d'être une touriste devant un monument historique. Je me sentais trop mal. J'ai mis le frein de la poussette, et la tête baissée j'ai vu, encastrés dans le trottoir (un trottoir dallé), deux éclairages pour admirer cette architecture la nuit. Et à côté des éclairages, une plaque d'égout, mais ça c'est partout.

Je suis restée un moment, un pied sur la vitre de l'éclairage (Titouan sautillait sur l'autre), et puis j'ai regardé par la boîte aux lettres. À l'intérieur, encore une porte, comme un sas.

Je me suis décidée un peu honteuse à pousser la lourde double porte avec mes hanches. Le bruit était aussi lourd et majestueux que la porte, que ma honte, que mon audace.

Une fois dans le sas, il y a une sonnette (fauteuils roulants, personnes à mobilité réduite, cannes, veuillez sonner, le personnel sera informé de votre arrivée).

J'ai trouvé la salle d'attente du secrétariat permanent.

Il n'y a pas de distributeur de tickets avec des numéros. D'ailleurs il n'y a presque personne, juste une jeune maman et son bébé. Enfin, jeune, je sais pas. Je ne vois pas son visage, parce que toute la masse de ses cheveux retombe très noire (elle est entièrement penchée vers le petit corps replié entre ses deux bras parallèles). Je ne vois pas le visage du bébé (tout son corps est orienté vers le sein de sa mère). Je ne vois pas le sein non plus, mais les plis d'un pull retroussé au-dessus du crâne du bébé, et deux mains, une grande, qui retient le pull, une toute petite posée sur la grande.

Titouan s'est assis. Je remonte le corps de Pierre avachi dans la poussette. Je coince sur l'appuie-pieds sa jambe gauche qui traînait au sol.

Je sors un stylo de mon sac. Merci maman me dit Titouan. Il se met à gribouiller sur des prospectus. Avec ma manche j'essuie le menton de Pierre. Je tripote la natte de cheveux dans ma poche.

Comme c'est un peu long, je prends une brosse dans mon sac, et une petite bouteille d'eau. Titouan veut boire. Je lui tiens la bouteille, et après je verse un peu d'eau sur la brosse. Je me lève et j'essaie de peigner la belle chevelure saccagée de Pierre.

Il se laisse faire un moment, je tiens ses cheveux pour tirer sans lui faire mal (je regrette de ne pas avoir pris d'émulsion coiffante). Le bébé fait un tout petit bruit, Titouan laisse tomber le stylo, Pierre bouge, je lui ai peut-être fait mal. Il remue dans tous les sens. Je vois le moment où je n'y arriverai jamais. Je me dis qu'il faudrait les couper un peu, ces beaux cheveux blonds tout embrouillés (au moins les pointes).

Je regarde la tignasse de Titouan, il est tout dépeigné lui aussi.

Il a les cheveux trop longs et sales, il se gratte la tête à force. Je n'ai jamais le courage de m'occuper de lui, oh et puis je m'en fous. Je range la brosse. Je ne veux pas couper leurs cheveux, non, jamais de la vie, je ne veux pas couper les cheveux de Pierre, je ne veux pas, je ne peux pas. Des dreads sur des gosses c'est rigolo (j'imagine par avance la tête des gens).

La fille me dit allez-y, elle porte le bébé droit pour décoincer le rot avant de passer à l'autre sein. Je ne vois toujours pas son visage, ni celui du bébé (elle le tient face à elle, leurs deux visages superposés, presque collés, cachés ensemble), je me demande ce qu'il peut bien avoir comme handicap, son bébé (et s'il a déjà des dents, sûrement pas, il est encore tout petit on dirait).

Je raconte mon histoire au secrétaire. Il ne m'écoute pas. Il répète, je ne peux rien vous dire, il faut venir avec votre mère, revenez avec vos parents. Il se balance embarrassé sur son siège et ça grince. Je lui montre ma carte d'identité en lui disant j'ai vingt ans, je ne suis plus une gamine, s'il vous plaît, vous ne pouvez pas m'empêcher de voir le dossier de Pierre, au moins ça. Il se lève comme excédé de son siège pivotant. Il ouvre une armoire, sort une chemise, et se rassoit en me regardant comme si j'étais à plaindre. Il pose le dossier sur son bureau, il a un drôle de ricanement en l'ouvrant. Je vous l'avais dit, vous ne pouvez rien faire, vous n'avez aucun droit sur cet enfant, ni aucun devoir d'ailleurs.

Titouan veut faire pipi, et moi j'en ai assez. Mais pourquoi, j'ai reconnu mes deux enfants, je m'en occupe, je ne comprends pas.

Il ferme le dossier, lentement, en me regardant encore, mais plus de la même façon. Il désigne Pierre, cet enfant est sous tutelle. Vous n'avez pas d'autorité parentale sur lui. Les tuteurs sont vos parents. Ramenez-le à vos parents.

Je me lève, je débloque le frein de la poussette et j'emmène Titouan aux toilettes.

Il est midi moins cinq et je ne sais plus trop quoi faire, je marche sur les éclairages, non Titouan, arrête, maintenant on va sur l'esplanade pour manger (il fait beau).

Je sors les deux sandwichs, la purée (haricots et poulet) que j'ai préparée pour Pierre. Je suis un peu angoissée de le faire manger devant les gens. J'ai peur qu'il résiste. Je l'ai laissé dans la poussette, je me persuade que tout va bien se passer.

Mes doigts entrent facilement dans sa bouche. Il faut le changer aussi.

Je le détache, je l'allonge sur le banc, Titouan pousse-toi s'il te plaît. Pierre se laisse faire. J'ai tout prévu, une grande serviette, une petite (que j'humidifie avec la bouteille d'eau), un sac plastique pour tout remettre dedans, en boule.

Titouan ne tient pas en place, il veut aller au toboggan, à la balançoire, au tourniquet, et aussi au manège, maman, allez.

On a tout l'après-midi devant nous, alors pourquoi pas.

Titouan me fait des signes en haut de la petite cage à écureuil. Pierre regarde vers lui, ou plutôt, il ne regarde pas, mais vers lui. Plus je vis avec lui, plus je vois qu'il entend. Ils disent n'importe quoi, les autres, ils ne savent pas.

Titouan est revenu en courant pour poser son manteau. Il est reparti en courant encore, encore plus vite.

Il monte sur un requin à ressort et m'appelle, maman rega'de-moi, maman 'garde-moi.

Pierre se met à gémir. D'abord si faiblement que je ne suis pas sûre de l'entendre. Ensuite un peu plus fort, mais le bruit des autres enfants, leurs cris, leurs rires, tout ce tapage d'été, ça couvrira bien la plainte de Pierre. J'attends un peu.

Il s'agite dans les sangles, je le détache pour le prendre dans mes bras, en appelant Titouan, il faut y aller maintenant, viens.

Titouan m'a clairement dit non, puis il a filé vers le tourniquet. J'ai porté Pierre pour aller chercher son frère, descends de là tout de suite.

Pierre se débat, il hurle comme si je le martyrisais.

J'ai réussi à stopper le tourniquet avec ma jambe. Titouan fait un caprice, les mains sur la rambarde du tourniquet. Ses pleurs forcés sont aussi vigoureux que les cris de Pierre.

Je m'assois sur le rebord, je prends mon petit garçon contre moi (il ne lâche pas la tige de métal). Pierre tend brutalement son ventre son dos. Leurs cris se tressent et s'embrouillent. Je prends Titouan de l'autre côté de son frère, pour essayer de le calmer, les consoler tous les deux. Ou peut-être m'étourdir de leur vacarme.

Titouan tremble, avec des fourmis de gestes comme s'il s'en droguait les doigts (ses deux mains sont encore serrées fort mais vacillantes sur le métal). Pierre bascule son torse en arrière, il tombe au centre du tourniquet. Au lieu de le relever, je prends ses jambes pour l'allonger complètement. Son visage grimaçant prend place contre la barrière.

Titouan s'est arrêté de pleurer. Il a sauté pour se blottir contre son frère.

Je commence à faire tourner tout doucement, avec mes pieds, les bruits de Pierre aussi sont passés. Titouan rit.

Je me lève pour faire tourner plus vite, plus vite, plus vite encore, et quand je me laisse tomber avec eux, tout va n'importe comment, on se mélange tous les trois, on n'y voit plus rien, tout échevelés, et nos rires sont tellement mêlés rassemblés que peut-être Pierre en a aussi, des rires.

Le tourniquet ralentit, on se dessoûle lentement. Titouan rit encore, par hoquets. Pierre est tout rouge. Je le soulève en me demandant si ce sont les gendarmes du village qui viendront me le prendre.

Achevé d'imprimer sur Roto-Page
en août 2022
par l'Imprimerie Floch à Mayenne
61250 Lonrai
N° d'éditeur : 2814
N° d'édition : 546613
N°d'imprimeur 100742
Dépôt l'égal : septembre 2022

Imprimé en France